华北抗日根据地及解放区文艺大系

陈 晋　郑恩兵　主编

河北红色文艺作品选

诗歌卷

郑恩兵　胡景敏　高露洋　编

河北出版传媒集团
河北教育出版社

图书在版编目（CIP）数据

河北红色文艺作品选. 诗歌卷 / 郑恩兵，胡景敏，高露洋编. -- 石家庄：河北教育出版社，2023.12

（华北抗日根据地及解放区文艺大系 / 陈晋，郑恩兵主编）

ISBN 978-7-5545-7685-4

Ⅰ. ①河… Ⅱ. ①郑… ②胡… ③高… Ⅲ. ①中国文学－现代文学－作品综合集②诗集－中国－现代 Ⅳ. ① I216.1 ② I226

中国国家版本馆 CIP 数据核字（2023）第 065415 号

书　　名	河北红色文艺作品选·诗歌卷 HEBEI HONGSE WENYI ZUOPIN XUAN SHIGE JUAN
编　　者	郑恩兵　胡景敏　高露洋
责任编辑	程亚星　贾雪静
特约编辑	庞美婷
装帧设计	郝　旭
出　　版	河北出版传媒集团 河北教育出版社　http://www.hbep.com （石家庄市联盟路705号，050061）
印　　制	石家庄众旺彩印有限公司
开　　本	787毫米×1092毫米　1/16
印　　张	30.25
字　　数	377千字
版　　次	2023年12月第1版
印　　次	2023年12月第1次印刷
书　　号	ISBN 978-7-5545-7685-4
定　　价	168.00元

版权所有，侵权必究

丛书编委会

顾 问
陈平原　刘跃进　王长华　李　扬

编委会主任
吕新斌

编委会副主任
彭建强　孟庆凯　刘　月

主　编
陈　晋　郑恩兵

副主编
董素山　向　回　汪雅瑛

编　委（按姓氏笔画排序）
马春香　王少军　王亚民　田浩军　包来军　吉　喆　刘书芳
刘贵廷　关小彬　杨　程　杨春生　宋少净　张　辉　张川平
赵　华　高露洋　郭义强　阎晓宏　梁晓晓

编纂说明

在中国共产党百年发展历程中,文艺始终是党领导人民开展进步事业的有机组成部分,是党在各个历史时期的中心工作的实时反映和重要推动力量。"华北抗日根据地及解放区文艺大系",是一部全面展示抗日战争和解放战争时期华北地区党的历史创造、奋斗风采和形象建构的大型革命历史文艺文献丛书,对于深入研究华北地区革命文艺史、红色新闻史,弘扬伟大建党精神、梳理中国共产党人精神谱系,是必不可少的第一手资料,是我们在新时代坚定树立文化自信的重要思想资源。

一、编纂缘起

抗日战争及解放战争时期,华北地处各方政治与文化力量激烈博弈的前沿,这种特殊政治、军事、文化、地理环境中产生的革命文艺,具有鲜明的地域性特征,是五四新文化运动以来的革命文艺发展史上的突出标识。

但一直以来,由于史料文献整理不足,对华北抗日根据地及解放区文艺的研究,始终未能深入,其独特的地域性实践价值和蕴含的文化创新意义被严重遮蔽。这些史料文献主要以党报党刊的形式呈现，梳理汇编这些党报党刊中的革命文艺史料，借之以探索华北革命文艺的发展路径、发展方向、创造机制和创新经验，是深入贯彻习近平总书记关于"把红色资源利用好、把红色传统发扬好、把红色基因传承好"，"用好红色资源、赓续红色血脉"等系列重要讲话精神的有力举措，也是新时代文艺研究者不可推卸的责任。

2017年6月左右，我们去中国社科院文学所拜访时任所长刘跃进先生，协商合作研究事宜，寻求中国社科院文学所的帮助。请教过程中，刘先生建议我们结合地方特色，做好地方红色文艺文献的搜集整理与编纂出版工作。经过一段时间筹备，2017年底，我们以"河北红色经典系列丛书"为名，正式申报"2018年度河北省省级宣传文化发展专项资金"项目并成功立项，旨在通过选定刊行河北红色经典作品、梳理汇编河北红色经典研究资料、系统阐述河北红色经典发展历史等基础性工作，打造一个集大成式的河北红色经典文献资料库。

项目最初设计共二十四卷，包括六大板块：《河北红色经典史》一卷、《河北红色文艺作品选》六卷、《河北红色经典作家作品索引》三卷、《河北红色经典研究资料汇编》四卷、《〈晋察冀日报〉副刊文学作品全编》六卷、《晋冀鲁豫抗日根据地文艺作品及〈新华日报〉太行版文艺作品汇编》四卷。但在项目实施过程中，我们充分吸收专家意见，认为网络时代和大数据背景下的科研活动有了很大变化，《河北红色经典作家作品索引》与《河北红色经典研究资料汇编》的编纂工作，在当前学术生态中价值不大，并予以取消。同时，在项目实施过程中我们发现，《晋察冀日报》《人民日报》等党报除刊发大量文艺作品外，还有大量记录边区文艺工作者行迹，反映边区戏剧、音乐、文学、美术、舞蹈、曲艺活动与报刊书籍出版发行等各方面情况的文艺史料，以及体现我党文艺方向、方针变化的政策文件与重要领导讲话，是华北地域党和人民对敌作战的重要宣传武器，更是飘扬在华北地区军民心中一面旗帜。这些史料是华北地域革命文艺发生、发展与壮大的真实记录，对我们正确认识革命文艺的特点与历史地位有重要的决定性作用。

为此，我们精心整理了《〈晋察冀日报〉文艺文献全编》《晋冀鲁豫〈人民日报〉文艺文献全编》《〈晋察冀画报〉文艺文献全编》《晋察冀日报社人物志》（共五十一卷），同时收入全国抗战时期和解放战争时期与河北地域相关且被广大群众所喜爱并广泛传唱的红色文艺作品，结集为《河北红色文艺作品选》（共六卷），至此形成丛书目前的五大板块，而且将名称由"河北红色经典系列丛书"改为"华北抗日根据地及解放区文艺大系"，方便以后在此基础上做进一步拓展。

二、地域范围及文艺特质

华北抗日根据地包括当时山东、河北、山西、察哈尔、绥远、热河全部及豫北、苏北、皖北部分地区，分晋绥、晋察冀、晋冀豫、冀鲁豫、山东五大块。1941年，冀鲁豫合并到晋冀豫，称晋冀鲁豫。其中晋察冀抗日根据地作为开辟最早、地域最大、人口最众的模范抗日根据地，是华北抗日根据地的坚强堡垒，牵制和抗击了三分之一以上的华北日军和二分之一的伪军。

在河北及其邻省周边地区开辟与创建华北抗日根据地，是红军长征到达陕北之后党中央迅速做出的重大战略决策。这些根据地地处对日武装斗争最前线，不仅打开了抗战的新局面，成为华北敌后抗战的主战场，而且进行了新民主主义社会的实践探索，对解放战争的历史进程产生了巨大影响，成为我党开辟东北解放区的前进基地和逐鹿中原的战略后方。随着抗日根据地的开辟，延安文艺工作团、西北战地服务团、东北促进纵队干部队、八路军总政治部前线记者团等大批文艺工作者，随同党政干部一道陆续抵达华北，东北、平津的青年学生也纷纷冒着生命危险来到边区。他们一手拿枪，一手拿笔，深入农村与抗战前线，切身体会工农兵的生活，深刻了解工农兵的需求，从而根本上克服了艺术至上主义思想倾向。所以，华北抗日根据地及解放区文艺，既响应了伟大的民族抗战对文学艺术提出的时代要求，亦充分兼顾到广大人民群众的接受习惯和欣赏水平，真实地反映了华北人民火热的战斗与生产生活。很多作者本身就是农民、战士或基层工作者，他们把自己的经历和熟悉的人和事，通过小说、戏剧、诗歌、报告文学、歌曲、绘画、舞蹈等文艺样式记录下来，语言通俗平实，富有生活气息。由于产生于特定时代、特定区域而又适应特定需要，故而无论是题材、语言还是风格，在体现革命大众文艺共性的同时，又具有强烈的华北地域特性。

华北抗日根据地及解放区文艺的繁荣发展，是专业文艺工作者与工农兵群众共同创造的结果。人民群众不仅是革命文艺运动的主导主体、推进主体、受益主体，还是一切成败得失的评判主体。华北抗日根据地及解放区文艺，归根结底，是"以人民为中心"的文艺。

三、学术价值

今天的河北在抗日战争、解放战争时期是晋察冀、晋冀鲁豫两大根据地的中心区域，有着悠久的革命历史传统和丰厚的红色文化底蕴。据不完全统计，抗日战争和解放战争期间，仅晋察冀边区专区以上就办有报刊四百余种,编印图书五百余万册。如果将这种统计扩大到环绕河北的整个华北抗日根据地及解放区,时间扩展至从中国共产党成立到中华人民共和国成立,数据更为可观。这些红色图书、报刊的出版发行,团结了一大批来自全国各地的著名革命文艺家和专业文艺工作者,其中有大量文艺相关信息,是研究近现代中国革命文艺的重要史料。但因受当时物质条件及复杂局势影响,它们传播范围有限,保存困难,如今已普遍出现老化或损毁现象,面临着消失、断层的危险。

长期以来,由于对抢救、整理和利用红色文艺文献的意义认识不足,现行的科研评价、出版机制亦难以有效刺激科研工作者积极从事老旧报刊等红色文艺文献的系统整理,大量有待整理的红色文艺文献尚未进入学界的视野。特别是华北抗日根据地及解放区的文艺文献,有很多甚至还是学术盲区。如《冀中导报》《救国报》《边政导报》《冀南日报》《团结报》《前进报》《新察哈尔报》《冀热察导报》等各类党报,以及《冀热辽画报》《冀中画报》《北方文化》《五十年代》《新长城》《新群众》《诗建设》《诗战线》等期刊,虽有部分学者对其办报(刊)历程、思想以及传播等方面予以研究,但均无系统的文艺文献整理本。"华北抗日根据地及解放区文艺大系"整理的《晋察冀日报》、晋冀鲁豫《人民日报》、《晋察冀画报》,是当时华北抗日根据地及解放区党报党刊的典型代表,是党的理论和实践同文艺结合的主要媒介和载体,是华北革命文艺重要的传播平台。这些报刊,既客观记录了华北革命文艺的传播与发展,也完整展现了华北革命文艺的特殊使命与风格特征,具有极其重要的史料价值。在此基础上,我们还会将视角延伸到《晋绥日报》《新华日报·太行版》《新华日报·太岳版》等党报,不断地充实这套大型文献史料丛书,以此来系统建构华北抗日根据地及解放区的"文艺史料学"。

四、丛书特色

这套丛书的编纂，主要以抗日战争及解放战争期间华北境内各根据地、解放区出版、发行、制作之图书、期刊、报纸等红色文献中的文艺资料为内容。编纂特色主要包括：

（一）抢救珍贵历史文献，弘扬伟大建党精神。

华北抗日根据地及解放区的红色文献发行于条件艰苦的战争年代，数量少，印制质量粗糙，历经岁月的洗礼，留存下来的品相完好者已经很少，有些到今天已成孤本。这些文献作为特定历史时期和区域的产物，见证了中国共产党领导华北人民争取民族独立和人民解放的伟大历程，反映了华北近代社会的巨大变化，蕴含着珍贵的史料价值和鉴往知来的现实意义，是中国共产党领导的文艺事业、新闻出版事业与意识形态建设发展的历史见证。它们诠释了党的初心和使命，蕴含着坚定的理想信念与崇高的革命精神，到今天仍然具有强大的感染力与说服力，是陶冶情操、磨炼意志、走好新时代长征路的有效精神资源。抢救性搜集、整理与研究这些珍贵历史文献，有利于增强党政干部政治信仰，弘扬伟大建党精神和践行社会主义核心价值观。

（二）文艺与党史密切融合，拓展革命文艺与党史研究的新视野。

革命文艺作品的创作、发表和传播，和党的历史任务和奋斗实践是分不开的。在艰苦卓绝的革命岁月，奋斗前行的中国共产党始终强调，既要拿"枪杆子"，也要拿"笔杆子"。革命的文艺工作者，一手拿枪，一手拿笔，深入农村与抗战前线，以人民大众易于接受和欣赏的形式，宣传党的政策，推行党的方针，为中国共产党顺利完成不同历史阶段的中心任务和伟大使命发挥了独特而重要的作用。本套丛书收入的文献史料，主要是抗日战争与解放战争时期党报党刊中的文艺作品与文艺史料，它们鲜明生动地体现了党的历史，党领导人民争取民族独立、人民解放的奋斗历程和精神面貌，从而为学界从文艺角度研究党史和从党史角度研究文艺提供了有力支撑。

(三)作品汇编与史料梳理并行，还原革命文艺的历史场域。

"华北抗日根据地及解放区文艺大系"的编纂，全面辑录华北抗日根据地及解放区党报党刊上刊登的诗歌、小说、戏剧、报告文学、散文、歌曲、版画等文艺作品，并系统梳理当时文艺发生、发展、传播以及社会各界文艺活动的各类消息和报导，同时选编了大量的河北红色文艺作品作为补充。这种文艺史料与文艺作品的配合整理，还原了革命文艺的历史场域，有利于构建对革命文艺的科学认识。

五、丛书内容

(一)《〈晋察冀日报〉文艺文献全编》共三十八卷：

诗歌三卷

戏剧一卷

小说二卷

文艺评论三卷

文艺史料九卷

外国文艺二卷

散文报告文学十七卷

歌曲版画一卷

(二)《晋冀鲁豫〈人民日报〉文艺文献全编》共十一卷：

诗歌一卷

戏剧、小说、文艺评论一卷

散文报告文学五卷

文艺史料四卷

（三）《〈晋察冀画报〉文艺文献全编》一卷

（四）《晋察冀日报社人物志》一卷

（五）《河北红色文艺作品选》共六卷：

诗歌一卷

戏剧一卷

散文一卷

小说三卷

六、编纂体例

（一）整套丛书题材丰富、门类众多，在体裁上不做强行统一。

（二）丛书中所录作品均为当年报刊发表的原文。为确保丛书的文献性、学术性、专业性和资料性，丛书编辑加工的总原则为保持文献原貌，内容上不做改动。

（三）文字的使用

1. 丛书中文字的使用以2013年教育部、国家语言文字工作委员会公布的《通用规范汉字表》为准。

2. 丛书中的古体字、通假字、俗体字，以及所涉及姓名字号、职官地理等专用字，均予保留。

3. 丛书原文字迹模糊残损，但仍可辨认或可依上下文校正，以字外加方框"□"表示；原文缺字或无法辨识，且无法校补，每字以一个方框"□"表示；如无法统计所缺字数，则以"⊠"表示。

4. 丛书中数字的使用，保持原貌。

（四）标点符号及其他符号的使用

1. 丛书在不改变原文意义的情况下，将旧式标点改作现行标点符号。

2. 丛书原文中出现代表文字的符号，如"×""△""○""▲"等，保持原貌。

3. 丛书原文中的着重号、专名号等不再保留。

（五）其他

1. 丛书原文中的注释，保持原貌；编者亦出部分注释，供读者参考。

2. 因为原始文献本身产生于战争年代，保存不易，漫漶不清处较多，丛书疏误之处在所难免，希望专家读者批评指正。

七、鸣谢

本套丛书得以顺利面世，要特别感谢中共河北省委宣传部、河北省社会科学院、河北教育出版社的资金支持，以及北京大学陈平原教授、中国社科院文学所刘跃进研究员、南开大学文学院李扬教授、河北师范大学文学院王长华教授等，为丛书编纂提供了多方面的学术支撑；晋察冀日报社老报人及报史研究会诸位老师，中国社科院文学所现代室、中国丁玲研究会、中国现代文学馆各位专家，也在丛书编纂过程中提出了许多建设性意见；院内外的数十位年轻科研工作者，在原文录入和校对方面付出了艰辛劳动，确保了项目的顺利进行。在此一并致谢。

把艺术交给大众（代序）

——祝贺"华北抗日根据地及解放区文艺大系"结集问世

中国社会科学院　刘跃进

由河北省社会科学院文学研究所编纂、河北教育出版社出版的"华北抗日根据地及解放区文艺大系"结集问世，值得庆贺。

文艺是时代前进的号角。1937年7月7日，卢沟桥事变爆发，全面抗战由此而起。广大的爱国知识分子和青年学生，表现出同仇敌忾的民族气节，走出书斋，走出校园，用知识，用智慧，用不屈的精神力量唤醒民众，用实际行动担负起抗日救亡的历史重任。在此后的岁月里，延安文艺和华北抗日根据地及解放区文艺，是中国共产党领导下的两大主体，双峰并峙，展示着那个时代的风貌，引领了那个时代的风气。

随着抗日根据地的开辟，延安文艺工作团、西北战地服务团、东北促进纵队干部队、八路军总政治部前线记者团等大批文艺工作者，随同党政干部一道陆续抵达华北，东北、平津的青年学生也纷纷冒着生命危险来到边区。他们一方面积极创作大量街头剧、活报剧、街头诗、墙头小说、木刻版画、歌曲、舞蹈等革命文艺，开展抗日救亡宣传运动；一方面也通过开办文艺干训班，开展各行业、各阶层甚至全民的文艺创作与评选活动，吸引工农兵群众加入文艺队伍，掀起了"晋察冀一周""冀中一日"等具有深化性质的群众写作运动，以及"创造模范村剧团""穷人乐"等群众戏剧运动，为晋察冀文艺史添上了浓墨重彩的一笔。

说到这里，我想起2009年参加《北平学生移动剧团团体日记》捐赠仪式的一段往事。从1937年到1938年，在中国抗战史上唯一以大学生组成的"北平学生移动剧团"在长达一年半的时间里，历尽艰难，转辗于国民党第五战区的各个战场，演出话剧，创办报纸，宣传抗日，鼓舞斗志，谱写出响彻云霄的时代赞歌。移动剧团的成员每人一周轮流记述，用日记形式记录了那段不平凡的岁月，《北平学生移动剧团团体日记》就是这部历史的记录。它不是写给个人看的私密记录，也不是为将来面世扬名。作者完全出于一种历史责任，真实客观地记录了那段鲜为人知的历史，体现出强烈的史家意识。日记封面上有这样一段题记，"北平学生移动剧团·愿我永恒·中华民国二十七年二月二十三日始·璧华"。孤立地看这部日记，也许没有什么轰轰烈烈的战斗业绩，也没有什么感人肺腑的情感纠结。客观、平实是它的本色，正是这种本色，为那个历史年代留下一段真实。"北平学生移动剧团"的抗日活动，是文艺工作者投身抗日洪流中的一个历史缩影。

随着抗战的胜利，察哈尔省会张家口解放，晋察冀文协、晋察冀剧协、晋察冀音协、晋察冀美协、晋察冀通讯社、晋察冀边区剧社、晋察冀日报社、晋察冀画报社等文化团体随中共晋察冀中央局和军区领导先后开赴华北根据地，一大批文艺工作者也随之来到华北，开展丰富多彩的文艺活动。他们坚持毛泽东《在延安文艺座谈会上的讲话》中指出的方向，一手拿枪，一手拿笔，深入农村与抗战前线，既为切身体会工农兵的生活，也为深刻了解工农兵的需求，从而在根本上克服了自身相当普遍和严重的艺术至上主义思想倾向，为工农兵而创作，为工农兵所利用，以人民大众易于接受和欣赏的形式，普遍写人民大众的生产战斗故事。譬如左翼作家邵子南，于1938年10月随西战团到晋察冀，主持战地社日常工作，主编《诗建设》；1943年整风运动后，他到阜平任小学教员，在反"扫荡"中与群众、民兵一起转移、战斗，还直接在五丈湾跟随李勇的游击组对日寇展开地雷战；1944年5月随团回延安，在鲁艺任教，后调陕甘宁文协搞专业创作，开始大量创作反映晋察冀边区生活的小说。他以亲身体验为基础创作的短篇小说《李勇大摆地雷阵》（后改为《地雷阵》），运用阜平农民群众的语言，以口语化方式讲述了爆炸英雄李勇的抗日故事，明显吸取了民间说唱文学的优点，特别是在白话叙述中还插入不少快板式的韵白，更适合群众的喜好，因而在当时广为流传，家喻户晓，起到了很大的宣传鼓动作用。其他作品，如《荷花淀》《太阳照在桑干河上》《漳河水》《赶车传》《王九诉苦》《孟祥英翻身》《新儿女英雄传》《白求恩大夫》《我的两家房东》《穷人乐》《李殿冰》《戎冠秀》《没有共产党就没有中国》《团结就是力量》《没有土地的人们》《白毛女》等，都是成功的文艺典范，在现代中国文学史上占据比较重要的位置。

在华北抗日根据地及解放区的文艺创作成果中，还有数以万计的文艺作品和极具研究价值的文艺史料刊发在根据地及解放区所办的报刊上。很多作者，本身就是农民、战士或基层工作者。他们把自己的经历和熟悉的人和事，通过小说、戏剧、诗歌、报告文学、歌曲、绘画、舞蹈等文艺样式记录下来，语言通俗，富有生活气息。人民既是历史的创造者，也是历史的见证者；既是历史的"剧中人"，也是历史的"剧作者"。让故事中的人物自己编词、自己表演的创作方式，很好地反映出人民的心声，并让人民群众从生动活泼的艺术作品中得到教育，这确实是一个成功的尝试。

配合党的中心工作，"把艺术交给大众"，通过文艺唤醒大众，这已成为华北文艺工作者的自觉意识。他们积极响应伟大的民族抗战对文学艺术提出的时代要求，充分兼顾到广大人民群众的接受习惯和欣赏水平，创作了大量的作品，真实地反映了燕赵儿女火热的战斗与生产生活，起到了良好的宣传教育与鼓动激励效果。刘萧无编排新闻报道剧《李殿冰》，编剧与演员一起住到李殿冰家里，以便于熟悉主人公的生活，搜集真实生动的群众语言，还模仿他们的动作，理解他们的心理，甚至还让主人公李殿冰等直接参与剧本的修改和编排。描写群众的生活，邀请群众参与创作，这是当时文艺工作者走群众路线的生动体现。该剧演出后获得当地老百姓的极大赞赏，鲁中实验剧团还专门学习该剧的创作方法，创编了三幕五场话剧《过关》。艾思奇《前方文艺运动的新范例》更是誉其开创了前方文艺的新范例。抗敌剧社的《王老三减租小唱》、冀中火线剧社的话剧《我们的母亲》，也都具有这种特色。

这些文艺作品，可能略显仓促，有的甚至急就于战火中，所以在素材提炼、人物形象塑造以及语言的使用、细节的刻画等方面还有很多不足。但是，这不是一般意义上的创作，而是燕赵大地为争取民族独立、人民解放的集体记忆和行动号角，是中国革命事业的重要组成部分。华北抗日根据地及解放区的文艺，有很多这样未经沉淀的纪实作品，不管其艺术性如何，但在发动群众、组织群众、铸就抗击日寇和国民党反动派铜墙铁壁方面，发挥了无可替代的作用。20世纪五六十年代，河北地区涌现出大量的红色经典，便是华北抗日根据地及解放区文艺的传承和发展。

2017年6月，河北省社科院文学所郑恩兵所长来京与我们协商合作研究事宜。我根据所了解的信息，建议他们结合地方特色，做好地方红色文艺文献的搜集整理与编纂出版工作。"华北抗日根据地及解放区文艺大系"就是那次商讨的成果。全书由五个部分组成：第一部分为《晋察冀日报》文艺文献全编，第二部分为晋冀鲁豫《人民日报》文艺文献全编，第三部分为《晋察冀画报》文艺文献全编，第四部分为晋察冀日报社人物志，第五部分为河北红色文艺作品选。全书收录各种文体的作品六千余种，包括小说、诗歌、文艺评论、戏剧、报告文学、散文、文艺通讯、美术、书法和音乐、文艺史料，还有文艺信息、文艺广告，基本涵盖了华北抗日根据地及解放区的文艺创作情况，具有很高的研究价值。

　　时值中华人民共和国成立七十五周年之际，我们有机会阅读这部皇皇五十余册的"华北抗日根据地及解放区文艺大系"，更加深切地感受到新中国的建立真是来之不易，她是无数条战线的可歌可泣的人们不懈奋斗的结果。在这样一个特殊的日子里，我们感念当年那些有名无名的作者，感谢参与整理工作的学者，当然，更要感激我们这个伟大的时代。

目录

田间

七月小唱 ··· 2

下盘 ··· 3

誓辞 ··· 5

偶遇 ··· 6

戎冠秀（节选） ··································· 7

赶车传（节选） ·································· 15

邵子南

告诗人 ·· 34

我们坚决像钢 ···································· 34

英雄谣 ·· 35

中国儿童团 ······································ 36

骡夫 ·· 36

故乡的诗章 ······································ 40

春天·粮食的诗章 ································ 42

老人歌 ·· 44

娘子关谣 ·· 45

史轮

老百姓摸枪 ······································ 48

歌谣 ·· 49

怎不歌唱鲁迅 ···································· 49

塞北民歌 ·· 50

在抗战的路上 ……………………………………………… 51

百团大战 …………………………………………………… 52

曼晴

匕首 ………………………………………………………… 54

羊圈 ………………………………………………………… 54

母亲 ………………………………………………………… 56

家 …………………………………………………………… 57

羊角 ………………………………………………………… 59

磨豆腐的老太太 …………………………………………… 60

打灯笼的老人 ……………………………………………… 62

给雁北的女孩子 …………………………………………… 62

打野场 ……………………………………………………… 63

方冰

拿火的人 …………………………………………………… 67

你们 ………………………………………………………… 70

山！山！ …………………………………………………… 70

歌唱二小放牛郎 …………………………………………… 72

狼牙山五壮士歌 …………………………………………… 74

三月的夜 …………………………………………………… 75

歌声 ………………………………………………………… 76

柴堡（节选）……………………………………………… 77

写在断墙上 ………………………………………………… 79

钱丹辉

集场 ………………………………………………………… 82

夏收 ………………………………………………………… 83

红羊角 ……………………………………………………… 84

深山夜话 ………………………………………… 88

夜别插箭岭 ……………………………………… 89

夜过柿树林 ……………………………………… 91

魏巍

月夜短曲 ………………………………………… 94

滹沱河 …………………………………………… 95

高粱长起来吧 …………………………………… 96

游击队部的夜 …………………………………… 98

午夜图 …………………………………………… 99

好夫妻歌 ………………………………………… 100

秋千歌辞 ………………………………………… 103

好兄弟歌 ………………………………………… 104

邓康

咱们永远在一起 ………………………………… 109

刘元贞 …………………………………………… 109

流笳（刘佳）

高粱熟了 ………………………………………… 114

子弟兵三赞 ……………………………………… 114

乡音 ……………………………………………… 116

陈陇

青纱帐 …………………………………………… 122

金星星 …………………………………………… 122

英雄赞 …………………………………………… 124

鲁藜

夜行曲 …………………………………………… 127

夜葬 ……………………………………………… 130

树 ………………………………………………… 132

| 红的雪花 | 134 |
| 青春曲 | 134 |

徐明

渡黄河	140
在太行山的雪道上前进	140
青纱帐	142
黄金时代	142
同志	145
赠别	147
马兰草	149
夸咱八路神炮手	150
汾河两岸的歌谣	150
民主	151
得日寇投降消息	152

远千里

冀中之歌	154
去找吕司令	155
拆城	156
都是区长	156
她驾着小船	160
深山，夜里的火把	161
小小的光芒	163
神仙山随笔	164
我爱我的枪	166

章长石

| 歌手 | 168 |
| 背粮夜 | 174 |

商展思

战地恋歌 …………………………………………… 178

雨夜急袭 …………………………………………… 181

野哨 ………………………………………………… 182

试军鞋 ……………………………………………… 183

漂亮的伏击 ………………………………………… 185

私语 ………………………………………………… 187

深山妇女 …………………………………………… 196

榆树皮 ……………………………………………… 198

深山里带路的人 …………………………………… 201

野菊 ………………………………………………… 204

陈辉

献诗——为伊甸园而歌 …………………………… 208

过东庄 ……………………………………………… 210

一个日本兵 ………………………………………… 213

呈给五月的平原 …………………………………… 214

为祖国而歌 ………………………………………… 218

麦草上的梦 ………………………………………… 223

夜，我们躺在大山岭上 …………………………… 227

六月谣 ……………………………………………… 230

到柳沱去望望 ……………………………………… 232

吹箫的 ……………………………………………… 234

姑娘 ………………………………………………… 235

月光曲 ……………………………………………… 236

祭诗 ………………………………………………… 239

司马军城

太行山的子弟兵 …………………………………… 241

老乡们，欢迎去！ ………………………………………………… 245

　　世界是我们的 …………………………………………………… 246

　　我们的宣言 ……………………………………………………… 249

林采

　　破路 ……………………………………………………………… 252

　　黎明 ……………………………………………………………… 255

　　副排长郭保德的葬歌 …………………………………………… 258

蔡其矫

　　乡土 ……………………………………………………………… 263

　　风雪之夜 ………………………………………………………… 266

　　湖光照眼的苏木海边 …………………………………………… 266

　　兵车在急雨中前进 ……………………………………………… 267

　　炮队 ……………………………………………………………… 267

　　哀葬 ……………………………………………………………… 268

孙犁

　　儿童团长 ………………………………………………………… 276

　　春耕曲 …………………………………………………………… 283

　　冀中抗战学院校歌 ……………………………………………… 286

王炜

　　小溪之歌 ………………………………………………………… 289

胡可

　　减租小唱 ………………………………………………………… 291

劳森

　　新的捷克式 ……………………………………………………… 294

任宵

　　我还没有死 ……………………………………………………… 296

管桦

　　还乡河上 ················· 299

　　行军 ··················· 299

邢野

　　山歌 ··················· 302

　　开荒歌 ················· 302

　　解放古北口 ············· 303

　　慰劳 ··················· 304

　　翻身谣 ················· 305

张克夫

　　谁杀死了妈妈 ··········· 308

姚远方

　　小木枪 ················· 310

　　边区儿童团 ············· 310

　　小小的叶儿哗啦啦 ······· 311

张庆云

　　劝儿上战场 ············· 314

　　洗衣裳 ················· 314

孟亚

　　传说 ··················· 316

郭小川

　　滹沱河上的儿童团员 ····· 319

　　牧羊人的小唱 ··········· 322

　　骆驼商人挽歌 ··········· 326

　　热河曲 ················· 328

秦兆阳

　　乌鸦国王的烦恼 ········· 333

玛金

向着前哨的行吟 …… 340

风暴，我心灵的音乐 …… 341

夜行 …… 344

甄崇德

春天，乡村的声音 …… 349

秋播 …… 350

怨谁 …… 351

李学鳌

枪杆沟 …… 354

三十家土屋靠北坡 …… 354

哨子嘟嘟响 …… 355

戈焰

豆选女县长 …… 358

哭任宵 …… 358

酸枣棵 …… 360

力军

好生活 …… 363

张学新

大山之歌 …… 365

歌唱解放区 …… 365

艾青

人民的城 …… 368

严辰

生命的春天 …… 380

新婚 …… 384

朱子奇
  草原的保卫者 …… 396
  朝霞烧红满天边 …… 397
  民兵从前线归来了 …… 399

贺敬之
  行军散歌（节选） …… 403

鲁煤
  戎冠秀和钟 …… 409

张志民
  王九诉苦 …… 412
  欢喜 …… 420

蓝矛
  青纱帐起 …… 425

王莘
  晋察冀 …… 427

和谷岩
  我立下誓愿 …… 429

吕正操
  桑园突围 …… 431

邓拓
  晋察冀军区成立志感 …… 433
  鲁迅两周年祭——步鲁迅遗诗原韵 …… 433
  阜平夜意 …… 434
  题聂荣臻同志像 …… 434
  答客问 …… 434
  定情 …… 435

题像 ……………………………………………… 436

　　哭何云同志 …………………………………… 436

于力（董鲁安）

　　悼冀东参议员雷烨同志 ………………………… 438

　　游击草（录四首）……………………………… 438

陈大远

　　入山五首 ………………………………………… 442

民间歌谣

　　漫天撑起青纱帐 ………………………………… 445

　　太阳不落照太行 ………………………………… 445

　　柳树开花一团金 ………………………………… 445

　　胭脂河上胭脂花 ………………………………… 446

　　平型关上逞英雄 ………………………………… 447

　　万里长城万里长 ………………………………… 447

　　雁翎队 …………………………………………… 448

　　一封信上插鸡毛 ………………………………… 448

　　你看哥哥帅不帅 ………………………………… 449

　　一间破草房 ……………………………………… 449

　　女人也要穿军装 ………………………………… 450

　　抗日四季歌 ……………………………………… 451

　　高高山上揽绵羊 ………………………………… 452

　　纺线谣 …………………………………………… 453

　　晋察冀的人儿把身翻 …………………………… 453

田间

七 月 小 唱

七月的青纱帐,
在晋察冀的土地上,
又长得绿汪汪,
这是七月这是伟大的北方,
这是七月这是伟大的北方。

它经过反"扫荡",
它还要准备反"扫荡",
要彻底反"扫荡",
准备力量准备更大的力量,
准备力量准备更大的力量。

新生的子弟兵,
又结成了团,结成了营,
为家乡而战斗,
反对投降坚持人民的主张,
反对投降坚持人民的主张。

为抗战四周年,
为二十年的共产党,
来突击打胜仗,
纪念七月纪念伟大的北方,
纪念七月纪念伟大的北方。

1940 年 7 月作

下　盘

　　盂平县小岩沟有一老汉,名叫李和。一日早晨,在风雪中送公粮到根据地,路过十八盘,不幸失足殒身。其子当时四顾无人,不能马上收拾尸首,仍将公粮送至目的地。民主政府闻讯表扬之。兹作《下盘》,略述所怀。

1943 年冬记于游击区

腊月十九,
老汉下的盘。
十八盘:
一盘风雪,
又一盘冰。

老汉吹着胡子,
咬着雪,
往盘下走。

在一个高岩边,
他的儿呀,
陡然叫住他:
"爹,公粮撒了,
快快煞住口。"

老汉像一只鸟,
从风雪里惊起,
头伏在岩上,

一粒米也不叫丢。

忽然风一吹，
雪一抖，
老汉跌杀了，
倒在岩下头。

岩边风吹着雪，
雪也慢慢盖上他。

盘上，盘下，
风雪凄凄，
天地嗖嗖。

他的儿，哭不得，
尸首也搬不得，
仍把两袋公粮，
一个人送走。

赶回头来寻老汉，
尸首已像石人，
望着十八盘！

抄自"村中记事"

誓　辞
——节录雁北抗日烈士塔记

我们应记住：

这高山大川，

已为英雄夺取，

交回人民之手！

从今往后，

雁北不可失，

自由不可失，

英雄的战风

更不可失！

凡爱他者，

就有出路；

凡污辱他者，

就走投无路！

英雄们，

安眠吧！

日月常照你，

万古不朽！

偶　　遇
——题聂司令员

将军，他在我门前，
喝过茶、歇过马。

将军，他在我门前，
和我谈过话，
问过我的庄稼，
长得差不差？

将军人好，
我看连马也好；
马拴到树上，
树皮也不咬。

将军又是威严，
又是那么仁爱，
好比山间明月，
爱照穷人的路。

我告他：这伙人
都在路上烧茶，
要欢迎大将军；
他笑道：他已走了。

呵哈！上午的事，
下午才明白，

原来那位将军，
就是聂司令员！

1945年左右写

戎 冠 秀（节选）

题 像

一

我唱晋察冀，
山红水又清。

山是那么红，
水是那般清，
如果有人问，
请问好老人。

这位好老人，
好比一盏灯，
战士给她火，
火把灯点明，

她又举灯来，
来照八路军。

有人问：
灯叫什么灯？
有人答：
军民一家灯。

这一家灯上，
照的八路军，
照的山和水，
照的穷苦人。

要是灯常红，
光景就上升，
要是灯一黑，
山水照旧阴沉。

好山呵好水，
红灯常挂上！

好山呵好水，
红灯万年明！

二

好老人叫啥？

名叫戎冠秀。
好老人住哪？
家住下盘松。

小小山坡上，
三间破瓦房，
好比黄沙滩，
看来真荒凉。

瓦房大门口，
弯弯一棵树，
树上那口钟，
钟声永不响。

往年和往日，
钟声永不响，
如今树发青，
钟声响当当。

老人好老人，
眼里泪汪汪，
手把钟来敲，
穷人见太阳！

八路军引她，
出地狱上天堂，

她脱下破褂裤，
换上了新衣裳。

她虽说年老，
今年四十九，
她要多活两天，
活它一百岁。

活它一百岁，
等到有一天，
她和党中央，
欢聚在一堂。

第一章　穷光景

一　出　嫁

平山县戎冠秀，
十五岁出家门，
嫁到婆家去，
婆家好生古。

一个小闺女，
做了大媳妇，
好比一棵树，
迎着暴风雨。

哑巴吃黄连，

有苦难说出，
泉水沟中流，
她眼泪肚里咽。

苦了戎冠秀，
媳妇不好做，
不做不由她，
老天爷做的主。

二　分　家

隔了十三年，
她和她丈夫，
分下八斗粮，
分下一口锅。

大小人四口，
四乡去漂流，
房子没一间，
土地没一垄。

好比树上叶，
被风吹下树，
叶子刚落地，
又被风吹走。

山水都姓富，

穷人难出头,
天长路也黑,
走,往哪儿走?

三 修 地

穷人没路走,
只好开山坡,
穷人那命根,
像一把镢头。

镢头举上手,
也得求地主,
春天借一斗,
秋后还五斗。

那年戎冠秀,
娃子拴上树,
自己背石头,
拼命把地修。

一亩山坡地,
整修得三年,
五谷刚出上,
东家往回抽。

四 交 租

东家要抽地,

抽就由他抽,
土地不由主,
高租又压头。

两手打颤颤,
双眼泪直流,
哆哆嗦嗦地,
走进高门楼。

门里那地主,
灯里老黑狗,
盯住戎冠秀:
——交租!交租!

春天借一斗,
秋后还五斗,
年年交不够,
苦命把人拖。

五 挖 菜

天上一片灰,
地上一片黑,
世界像把锁,
锁住戎冠秀。

世界像把锁,

锁住戎冠秀,
她爬在路上,
伸出两只手。

两手弯下地,
鲜血滴进土,
为挖几棵菜,
不怕拿血换。

一双红眼珠,
望着两只手,
半天难抬头,
天地昏昏转。

六 劝 儿

有一天黄昏后,
羊群回山坡,
金儿丢开羊群,
要往家里走。

金儿一声哭,
娘心如刀剜:
"东家有饭吃,
你怎不愿去?"

气得戎冠秀,

鞭子拿在手,
"揩揩脸上泪,
娘来送你去。"

"娘来送你去,
不去打死你,
打你皮骨断,
比你饿死强。"

赶 车 传（节选）

序

贫农石不烂,
故事一大串,
有人告田间,
编了"赶车传"。
"赶车传"上说,
翻身有两宝;
两宝叫什么?
名叫智和勇。
智勇两分开,
翻身翻进沟;
智勇两相合,
好比树上鸟,

两翅一拍开,

山水都能过。

一 逼 婚

"赶车传"开头说:

"兄弟和朋友,请看我的书。"

天下的受苦人,

命相同路相同;

要赶一挂车,

走翻身的大路!

不听古人说过——

老财在车上,

长得又胖又白;

说要借钱一百,

一文钱也不少;

说是明天还吧,

也是好说好说;

老财和老财,

搭的一座桥。

穷人在车上,

长得又黑又瘦;

说要借钱五十,

半分钱也难说;

老财和穷人,

隔的一座桥。

穷一样富一样,

走的是两条路。

要问这两条路，
请问石不烂吧。

解放前的某一年，
年景很是王古；
老天爷帮地主，
把人拖上死路。
谁知种下地，
反插上穷根？
谁知人要吃谷，
也吃不上口？
这一年秋收时，
石不烂地里坐；
地里坐，
两手空，
身边一挂空车，
空车拴着老牛。

身上是破衣裳，
衣裳遮不住羞。
他拾起小石头，
打得镰刀冒火，
他对着那石头，
唱起一支苦歌：

"石不烂给谁受?

给谁受?

给谁受?

忙打忙收拾,

全缴了租子,

还是不够数。

租种地租不起,

猪老财,狗老财,

活剥佃户肉,

租子沉得像把锁。

咱在地里受,

他在家里算;

地里受的苦,

赶不上他家里算。

算的算的呵,

发财又发福;

受的受的呵,

还要卖人头!"

他有一个闺女,

小名叫蓝妮。

蓝妮也在喊呀,

喊的老天爷:

"老天爷该死啦,

耳又聋眼又瞎;

你看不见穷苦,

也听不见穷苦;

吃斋念佛的人，

肚子天天饿；

杀人的强盗，

享福享不完。

老天爷哪有天，

你塌了，塌了呵！"

蓝妮今年十六，

巧人巧身段，

脸形好像葡萄，

脸色半红半黑；

两眼活似珍珠，

溜溜圆圆溜溜；

脚穿一双红鞋，

身穿浅蓝裇裤；

她虽生在穷户，

倒是一块碧玉，

提起她的心眼，

她很懂得甘苦；

提起她的劳动，

她是爹的帮手；

家里那大小事，

她也知道一半；

地里那大小活，

她也能做一半。

人叫她一朵花，

也叫的没有错。

只是她这花呀,
和她爹爹一般;
不是水心眼,
她是铁骨头;
不是河里开的,
她是山上长出。
石不烂问闺女:
"爹给你寻个伴?"
蓝妮也问她爹:
"寻的这伴是哪个?"
石不烂又问道:
"你要寻什么伴?"
蓝妮笑出口:
"我不贪图钱财,
我要寻个好小伙,
不怕他身上破,
只要他人靠实。"
石不烂心上有数,
又问了一句:
"要是朱家大户,
把你抢了去?"
蓝妮干脆答:
"朱桂棠那个猪,
别想打我的算盘;
好鞋不踏臭狗屎,
好衣裳不兜烂肉,

我活着要名气,
我死睡在干净土。"
这一天天傍晚,
太阳挂山坡,
蓝妮叫她爹:
"套车回村喽!"
石不烂套好车,
长叹一口气:
"整受一年苦,
落得干草一束;
这叫狗也吃人,
人呵人不如狗!"

二人话说完,
来了朱二黑。

朱二黑什么人?
什么人?贱骨头。
他把车拦住,
站在车前头;
一手拿着喜帖,
一手提着酒壶,
有嘴也不露话,
专拿眼睛打人,
两颗白眼珠,
翻来又翻去;

翻了大半天,
装了一个蒜,说:
"恭贺石大哥,
接到这喜帖。
明天吃喜酒,
别忘了我朱二黑!"
石不烂脸一沉,
撕碎那逼婚书:
"打不够租子,
咱一家人请死;
说啥也不卖,
咱的好闺女;
朱桂棠要抢人,
叫他来抢吧,
活的抢不去,
除非抢尸首!"
朱二黑笑了笑:
"说到哪儿去,
要是好蓝妮,
嫁了老东家,
是缘分也是福。"

常言说:"狗咬穷人,
舌头也有很多。"
二黑狗东西,
一刀两个面;

来时是笑眼,

走时是鬼脸;

赶他临走时,

又嘱咐一句:

"咱的老东家,

早就烧了酒;

咱的老东家,

早就杀了猪;

喜字也写好了,

还栽了丁香树;

就要接蓝妮,

上他家里住。"

蓝妮一听这话,

伏在车上大哭。

石不烂,

赶着车,

哪像是在赶车?

赶的是大难大仇!

哪像是在赶车?

赶的是一条命!

哪像是在赶车?

赶的是一堆火!

二 告 状

长城外是苦地,

石不烂是苦人。

村里虽有果园,
长的全是苦树;
苦树开着苦花,
苦花又结苦果。
蒋管区的地方,
哪有天呀?
哪有日头?
哪有人的活路?
第二天石不烂,
忙着往城里走;
县城是石头城,
村子是石头村,
相隔倒不很远,
有二三十里路。
他一双手上,
高捧着冤状。
嘴上喊"大难大仇",
要见老爷去。
石不烂,石不烂,
他难道不知道,
吃人的王法
是老爷和地主订?
石不烂,石不烂,
他难道不明白,
有钱的饭碗
是老爷和地主伙?

他一进铁门口,
心上烧得像火。
老爷一觉刚醒,
坐在那椅子上,
打着哈欠问:
"你缴了租么?"
石不烂大声答:
"今年是歉收,
哪儿能缴租?
本想卖车卖牛,
也把租子打够,
可是东家不要,
偏要咱的闺女。"

县长老爷问:
"你的家中,
还有什么?"
石不烂回答:
"有四口人,
有一辆车,
有一头牛。"

县长老爷又问:
"哪四口人?"

石不烂答:

"一爹一娘,
我和闺女。"

这位老爷又问:
"闺女叫甚,
长得美丑?"

石不烂又回答:
"她小名叫蓝妮,
今年才十六;
不瞒老爷说,
长得还清秀。"

老爷哈哈大笑,
压住石不烂说:
"算了吧算了,
闭起你的口。"
又说:"过一两日,
我要到石堡去,
要去吃朱桂棠,
这一杯好喜酒。
酒席上再看看,
石不烂闺女。"
老爷话一说完,
夹着尾巴就走。
石不烂抬头一望,

眼前一片黑暗,
哪儿还见老爷?
见的是刀是枪!
哪儿还有法堂?
这里是杀人场!
他哭也哭不得,
手一挥大喊道:
"好一个清官呵,
你真是救了我?"
两边站的差役,
一脚把他赶出。
差役拿着大枪,
脸上笑一笑说:
"衙门是钱袋,
无钱莫进来!"

三 赶 车

人呀没有路走,
石头也把泪流。

石不烂门口,
一家四口人,
左左右右,
围着一挂车哭,
人也不愿走,
车也不愿走。
石不烂赶着车,

拉着闺女说：
"蓝妮你上车，
先到朱家去；
我卖了人呵，
我卖不了心；
我卖了闺女，
我卖不了冤仇；
蓝妮，蓝妮呵，
死到朱家吧；
能叫人砸碗，
不叫人砸锅；
你虽到虎口，
救下人三个；
蓝妮，蓝妮呵，
爹心里知道，
你到朱家去，
就算人死了，
就算死了人；
你在那里死吧，
那是你的坟墓；
那是你的命，
那是你的路，
你就在那里，
埋下你的骨头。
爹在坟土外边，
给你烧香磕头。"

蓝妮心一块玉，

从高山滚下地。

人虽能上车,
心爬不上去。
石不烂又说:
"蓝妮你别哭,
世道哭不服;
嘴巴里没风,
嘴也吹不响;
灯里没有油,
灯也点不亮;
河里没有水,
也开不了船;
树上是苦花,
结的是苦果;
这一颗苦瓜,
囫囵地咽呵;
要是人不死,
过两日再吐。
你别哭,你别哭,
留下眼泪好报仇!"

在崎岖的路上,
石不烂赶着车。
穷人的车呵,
装的泪载的仇;
好比盖的大雾,
又淋的暴雨。

蓝妮上了车，
人也哭车也哭；
在不平的路上，
哭声四面传来；
车儿和蓝妮，
滚来又滚去。
路呀，好难走；
难走，好难走；
走呵也是愁，
不走也是愁；
真是冤仇一日结，
千年难割断！

"走呀不走？"
问天天不答。

"走呀不走？"
问地地不答。

"走呀不走？"
一望那高山，
水往下流呵，
穷人有谁管？
石不烂，
赶着车，
口问心，
心问口：
"朱桂棠你是狼，

骑在人头上；
胡说欠你租，
霸占我闺女；
还要逼着我，
亲自送人去！
谁说我欠租——
剖开我的肚，
只有干草一束，
哪有一颗粮？
只有干草一束，
哪剩一颗租？"
石不烂他心上，
千转弯万转弯，
泪也从心窝，
弯着朝外边流。
他自己流的泪，
自己又收住。
忽然一声响，
好比雷打车，
轰，轰，轰，
蓝妮滚下地。
她这时大叫道：
"爹呵你送我去，
你要常守我；
你不常守我，
你的心常看我；
你不常守我，
你的眼常望我；

我到朱家去,
不做朱家人;
我姓石
我叫石,
我就做石头!"

1945 年 11 月

邵子南

告诗人

岩头诗之一

诗人呵,
让你的诗
站上那跟它一样坚强的岩石上吧。
那是很好的岗位
保卫边区!

陕北途上

我们坚决像钢

我们头脑要一齐武装,
迎接敌人新的"扫荡",
丢掉一切饥饿和痛苦,
我们坚决像铁像钢。
房屋早被敌人烧了,
大水又冲掉了地,
汉奸在准备投降,
出卖我们当奴隶。
胜利就要到我们手里,
我们走向新的希望,
我们大家要一齐进步,
反对分裂,反对投降。

1939年于晋察冀易县

英 雄 谣

我的头,我的肩,
我的手脚,
我的心,
永远向前!

前面,
有大道,
前面,
没有边。

聂司令,
在那边——
军号,
响过田园;
旗帜,
高举上天!

我的头,我的肩,
我的手脚,
我的心,
茅屋下,不能眠!

不是我不安贫穷,
不是我眼皮儿浅,

我要改造世界——
海阔天空，幸福的人间！

中国儿童团

这里，
我们农村的小鬼，
当夜深如海的时候，
把标语贴到
临近的
敌人的据点去：
——城是我们的！
下面大署着：
——中国儿童团！

骡　　夫

一个诗人，
哲学家似的，坐在山坡上，
向我叙述一个故事。

这是很冷的深山，
虽然外边还是夏天一样的炎热，
他裹在棉衣里，晒太阳。

农民深沉得很,
——他说——
用手伸进他心里,
你会感到磕撞,但没有底,
又是那样的热。

我们有这样一个老骡夫,
六十多岁了,
跟青年人一般的健壮。
你看他割草呀,
爬到顶高的山顶,
镰刀挥着,
转眼便是一大堆。

绿色的深草,
小山头似的一背背回来,
而他说:
"人不要紧,
可不要欺负哑巴!"

浑身从脚趾到头顶,
晒得通红,
一辈子流着热汗的农民。

他讨厌军队,
他说:

"好男不当兵!"
有一次军队拖了他走,
离开家有好几百里,
"跟我们走吧!"人家对他说,
"横顺跟我们一样,饿不了你!"

他回来了,离开军队,
一路上要饭,他回来了。

他,一个单身汉,
辛勤工作,
积了两三百块钱。
可以成家了呵,
每一个钱都捏得汗淋淋的。

一次,我们从他们那里走过,
一匹骡子死掉了,
我们不能再前进,
一批行李带不了。

于是向村长借一匹骡子代替,
村长便动员了他和他的骡子。

他跟我们行了五天军,
他再也不愿回去。
他自愿当了骡夫,

骡子也交给了公家，
只是他要亲自喂养。

不久，我们发动救国献金，
他把他的钱全部交了出来。

他不跟大家一起吃饭，
自己去买老百姓的廉价的棒子，
"我要节省，"他说，
"我没有家，
死也要死在大家这里。"

我几次要和他详谈，
但他都忙得很。

金刚钻似的，
一会儿在马棚，忽然又在山里，
在那青年之云里，
和青年人工作在一起。
所有的青年人，
都望着他吃惊。
他背来一堆又一堆马料，
忽然出现在高山，
忽然又钻进青年之云里。

那通红的身体，

干瘦然而笔直的身体，
不常欢笑，
不会像青年似的唱歌。

呵，你看他，就在那里！
——诗人停止了说话，
指着对面的山头。

那里，太高太远，
简直看不见什么，
只仿佛有人在蠕动。

但，那人是越来越清楚的，
灵敏的动作，健康的身体，
辉煌的性格。

这样的人的性格，
才真是诗篇的主人，
——诗人向我又这样说。

1939 年 9 月 27 日

故乡的诗章

我的故乡是奇异的，

而我是它的奇异的旅客。

我的故乡，
美丽的、奥秘的、绿色的国土，
梅花红了，软雪融在土地上，
在大雾的早晨，橘子像火烧似的，
穿着夹衣就可以过年了，
水汪汪的一条江流，流过江城，永远不结冰。
我曾经在那里生长大。

我开始流浪，
当高利贷债户塞满故乡的时候，
我离开了它。
从明晃晃的大路走向地平线，
我半眼也没望望我的故乡。
故乡是厌倦的狭隘，养不了我。

接着我，我大哥也出了故乡。
到都市里，当看门的；
我的三哥当了强盗，赶出故乡，
到都市里，当车夫；
我的叔叔当了流氓。

我不爱我的故乡，
我独自走得遥远，一直到海边，
死了似的，一去不回，

我的母亲以为我死了，
替我立了碑，招我的魂。

从此，我爱上了异乡的人民，
用刀子参加斗争；
从异乡走到异乡，
我歌咏，向我的各地来的伙伴。

年复一年，我在异乡，
几万里了，每天改换着宿营地，
我忘了我故乡的事情。
我完全惯了，
一面走着，一面还有了家了。

忽然，我想起了我的故乡，
因为故乡建立了和我信仰不同的王国，
杀我的伙伴的人们在那里强占了。

——我的故乡，要我们互相了解，
除非你变成我的伙伴们的王国！

1941 年 1 月 24 日

春天·粮食的诗章

世界上，只有贫农，才了解春天。

春天，姊妹回娘家度荒月，
穷老婆子到干儿家去，
一年的粮食吃尽了，
地里还是青苗。

年年都是这样，
刚开了年，眉头就皱紧了。
还要忍着饿，去到地里，
——饿着仍然要生活。

我在中华大地上流浪了许多年，
在春光摇曳的绿海，
我都感受到它的美丽的古怪，
然而，别人是要踏青的，
——口袋还更肥了。
我同着伙伴逃荒，
有的饿死了，有的进了监牢。
终于我进了革命队伍，当个战士，
在组织下，同所有战友一起，
向天灾人祸作斗争。

前年，发了大水，成了灾，
抗救着，克服着，一直到去年春天。

大杨穗落地，黝黑的孩子便拾去了，煮来吃。

白杨发叶，青年便爬上树去，砍掉树枝，
抱回家去摘下叶儿做饭吃、做菜吃。
浓密的树林疏朗朗，孩子的柳笛也不吹了。

大人的脸肿了，孩子的肚皮大了，
然而，春天过了，生产还完成了，胜利了。
因为我们有了真的友爱了，还有组织了。

当今年大杨穗落了满地的时候，
那就让它落地，风吹去好了；
白杨发叶，成林了，就成林了。
春天是美丽的，还是很好的。

世界上，只有贫农，才了解春天。

4月10日

老 人 歌

（歌剧"不死的人"主题歌）

看那太行山的岩石这样坚硬，
听那滹沱河的流水这样沸腾，
他们和我天天相见，
每天的早晨，
每天的黄昏。

从那辽远梦幻似的童年，

过着痛苦的一生，

等到老年，胡子白了，

一身硬骨头，

一身老病。

好一个恐怖的暴风急雨的黑夜，

天明是美丽的明朗的早晨，

我就遇见了二位英雄，

一个是毛主席，

一个是总司令，

他们改变了我痛苦潦倒的生活，

他们再给了我新鲜活泼的生命，

不要看我胡子白了，

年纪就老了，

心儿还年轻。

像那太行山的岩石这样坚硬，

像那滹沱河的流水这样沸腾！

这条老命永远年轻，

花儿开得了，

果儿结得成。

1942 年写于晋察冀平山县

娘 子 关 谣

娘子关下路，

娘子关里人，

沦陷已三年，

痛苦没法伸。

自从百团大战一展开，

首先打下了娘子关，

捷报到处传，

人民都喜欢。

娘子关娘子关，

关下路关里人，

八路军是人民的子弟兵，

八路军和你们是一家人。

史轮

老百姓摸枪

一更里，月正明，
我们要进敌兵营，
腰里暗藏杀猪刀，
大家跑起来一溜风！

二更里，月平西，
蹲在山凹出主意，
鬼子哨兵睡着了，
咱不要把他惊动起。

三更里，月儿降，
进了敌营莫慌张，
他们睡得像死猪，
悄悄地摘下他的枪。

四更里，黑沉沉，
我们出了敌营门，
卧倒开枪砰砰叭，
看你们还杀中国人！

五更里，东方明，
武装起来真英雄，
东南西北去游击，
打他汽车收县城。

歌　　谣

哥哥打仗整一年，
我也参加儿童团，
东邻帮咱种谷子，
西邻帮咱浇菜园。

嫂嫂很高兴，
暗暗告诉咱——
"哥哥营里称模范，
如今成了新党员。"

怎不歌唱鲁迅

我们这伙人，
怎不歌唱鲁迅！
日本帝国主义者、
跟大小的坏人，
都在鲁迅笔下打寒噤。

我们这伙人，
怎不歌唱鲁迅！
一唱起鲁迅来，
杀敌的力气，
就披了一身。

我们这伙人,

怎不歌唱鲁迅!

等歌声遍布天下

人人熟识了鲁迅,

这世界就崭新。

我们这伙人,

怎不歌唱鲁迅!

我们都是鲁迅的学生。

挺着持久——这武器,

身为革命先锋军。

塞 北 民 歌

我们长大在边疆

我们豪爽又激昂

甩起皮鞭

我们保卫在塞上

我们勇敢又强壮

塞上风云

多宽敞……

吆喝野马

吆喝野马

看着我们一大群

也是杀敌的大力量

我们是杀敌的大力量

我们保卫在塞上
我们勇敢又强壮

塞上风云
多么宽敞……
多么风光
多么风光
看着我们一大群
也是杀敌的大力量

选自1939年1月23日《新华日报》中都决胜篇

在抗战的路上

在抗战的路上
不要回头——
让那一张
奴隶皮
在背后臭烂吧！

录自《七月》第5集第2期，1940年3月出版

百 团 大 战

百团大战,
全国震动,
谁打的?
我们——八路军。

扩大我们战役的战果,
用我们的手榴弹跟刺刀,
一张一张地
写起捷报!

1940 年

曼晴

匕　首

你的诗，
像匕首，
闪闪发光。

写吧！
让所有墙壁，
都披上武装。

1939 年 3 月

羊　圈

大北风的夜里，
几个游击队员，
找到空阔的羊圈住，
也很温暖了。

牧羊人，
你到哪儿去了呢？
把羊圈腾给我们。
好吧！
我们就这样宿下了，
天明还要赶路哩！

小鬼们,

挤拥起来,

架起一堆篝火。

炽燃的火焰,

映红了一大堆手脸。

"才进来的,

不要靠近火呀!

小心耳朵掉下来!"

同志们,

在稻草上,

呼呼地睡着了。

只有墙角边的马,

霍霍地嚼着草料。

银白的月光,

从草棚的隙缝里,

像箭簇一样,

偷偷地射进来。

1940年1月1日平山、蛟潭庄、鹿泉寺

母　　亲

母亲有四个儿子，
但一个也没有在家；
他们为了抗日，
都到前方去啦。

但母亲并不孤寂，
却有更多的人喊她妈妈，
今天来一批干部，明天来一批战士，
都喜欢住在她家。

妈妈更加忙碌了，
她给战士缝缝连连，给干部洗洗刷刷，
待他们比自己的儿子还亲，
大家都把她看成自己的妈妈。

一个冬天的早晨，
敌人突然包围了村子，
一位没有来得及转移的同志，
便躲藏在她家。

敌人在村子里搜来搜去，
最后搜到了她家。
她厉声地指着敌人的鼻子：
"你们为什么抓我的儿子呀？

他是我的长发,
你们不能抓走他!"
母亲高声地喊儿子,
"儿子"也含着眼泪叫"妈妈"。

母亲终于把"儿子"拦住,
"别在这里了,快回去吃饭吧!"
"儿子"回到母亲房里,
激动地连声叫着"妈妈"。

在这战斗年月里,
母亲曾拯救了多少个干部和战士,
在多少战士的心里,
深情地怀念着这位妈妈!

选自《曼晴诗选》

家

家,
我有时还想到它!

因为那里有:
我的母亲呀!
亲爱的活泼的弟弟妹妹呀!

曾经住惯的房舍呀！
滋润过我的甘甜的水土呀！

像一棵青葱的小树一样，
我在那里抽枝发芽，
摇晃出枝干来，
——度过黄金似的童年啊！

我曾用我的血和泪，
热爱着它，
温暖着它，
灌溉着它呀！

但它终于在农村经济破产的浪潮里
崩溃了，
像一只遭遇风险而破碎的帆船，
我也像一截木片一样给冲荡出来了。

从此我看到
更广大的天地，
它比家更广阔，更生动，更美丽……

现在，
我在这里生根了，
深深地扎进泥土里，
攀住每一个石块，
敢担风雨之摇撼。

家，

有时我还想到它，

但它已没有力量拉我回去了。

一九四一年七月

羊　　角①

每天薄暮的时候，

我便看见那个"青抗先"②

站在村前的小山坡上，

呜呜地吹起羊角来。

那朴素而又悲壮的角声啊，

在苍茫的暮色里，

把村里所有的青年都吹出来，

挎着土枪③，别着手榴弹，

风搅雪似的到河滩里去……

在这寒冷的秋夜里，

我听到这悲壮而又激厉的角声，

---

① 羊角：这里所说的羊角是用羊角做的一种号角。抗日战争时期，晋察冀边区的农村武装组织多通过吹"羊角号"召集队伍。

② 青抗先：是青年抗日先锋队的简称，它是抗日战争时期，抗日根据地的群众组织。

③ 土枪：即抗日根据地人民群众自己打造的枪支。

便想起古代守边的健儿来，
自己的身上，增添了一股力量。

1942 年 9 月井陉黑水坪

磨豆腐的老太太

啊！老太太，
你的生活，
很辛苦！
一天到晚地
磨豆腐。

天不亮，
我就听见隔壁的驴蹄声，
磨子呼噜。

是你呀，
老太太，
不停地吆喝着驴。

我起来，
走过你的身边，
看见你的头发都白了，

空中飞着白雾。①

我知道,
你六十五岁了,
还这么辛勤,
不辞劳苦。

你用你的双手,
把家业支撑起来了;
小光景,
过得不乓古②!

你把你的孩子,
扎裹得多么干净,
——像花朵,
送到学校里念书。

老太太,
你应当受到尊敬,
在新社会,
你有福!

1912 年 12 月 20 日平山下东山谷

---

① 白雾:指磨面飞扬起来的面粉末。
② 乓古:太行山中人民的土语,是坏的意思,不乓古即不坏的意思。

打灯笼的老人

从什么时候就等着我们呢?
在这漆黑漆黑的夜里,
在这风雪扑打着路人的夜里,
呵,你打灯笼的老人呵!

灯光虽然微红而昏暗,
但毕竟是黑夜长途上唯一的灯光呵!
它照着被大雪封埋得难以辨认的路,
它照着前进的我们。

怎能不使人深深而又深深地感激呢!
当我瞧见你佝偻的背影,
披着褴褛而又单薄的棉衣,
还站在路旁打着灯笼。

呵!打灯笼的老人呵,
现在你该放心了吧!
我们的队伍在你的灯光下,
统统地走来而又过去了。

给雁北的女孩子

你穿着蓝布棉袄,
把发辫盘在头上的小姑娘啊,

你为什么见了人就羞答答地跑了呢？

但我看见你贴在窗格上的窗花了。
那是多么灵巧的手艺哟！

在山地里，在人烟稀少的山沟里，
你像山坡上的"毛朵子"① 花一样，
多么需要雨露的滋润啊！

你没有听见过冀西孩子们会唱那么多的歌，
现在我给哼一哼吧！
虽然我的嗓音这么粗，哼得不够味，
但你学会了，再唱出来，就和原来的一样好听了。

1943 年 4 月 18 日

打　野　场②

打，
　　打，

---

① 毛朵子：俗名，是山西雁北山地一种蓝色的草花。
② 野场：晋察冀边区人民，在毛主席大生产号召下，经一年的努力生产，1943年秋季获大丰收。人民为了预防日寇"扫荡"抢掠，不但抢种，且又抢收。平时使用的小打禾场不够用，即在村边地头，甚至在较远的田里，临时轧成禾场。一般命名为野场，供打庄稼之用。

打野场,

打了谷子打高粱;

东风里簸,

西风里扬,

簸扬的谷子金样黄。

大布袋装,

小布袋扛,

贴得饼子肥又胖。

小囤尖,

大囤流,

蒸得窝窝像对臼①

孩子们绕着禾场跑,

大人看着笑,

赶着鸡儿飞远了。

铜铃儿响,

毛驴叫,

收庄稼的哥哥回来了。

打,

打,

打野场,

---

① 对臼即乡村舂米用的石器。在抗战时期山区农村尚有此种用具。

打了豆子打棒棒①；

快快打，

快快藏，

提防鬼子来抢粮！

　　　　　　　　　　　1943 年 8 月 1 日

---

① 棒棒：玉蜀黍，土称。

方冰

拿火的人

山里的路，
是难走的。

逢到秋冬的夜晚，
天上再张起阴云，
路，便隐在地皮里，
像胖子身上的血管。

就是紧瞅着眼前，
几步也翻你个筋斗。
走着走着就断了线，
停下来摸索一番。

山谷里卷起的风，
像饥饿的狼群，
你会不由自主地
打个寒颤。

啊，山里的路，
实在是难走呵！

但只要找到村庄，
向拿着扎枪的黑影，
说明来历，

拿出凭证。

于是，一声不响地，
从破茅棚里钻出个人来，
呵欠着点起草绳，
把你引向前村。

走几步他叮咛你一句：
——脚要放稳，
——要小心，
——过一条沟，
——前面是岭……

这山路在他脑子里，
同自家院子一样清楚。
你只须紧随着他，
艾火的香气扑你一身。

走着，走着，
前面的山脚下，
也闪出一朵火来，
向这边移近。

——不要管他，
走你的。

那是一队驴子，
驮着沉重的小木箱；
或是一支队伍，
悄悄地在行进。

那拿火的人，
照例走在前边，
火星子被风一吹，
发出哔剥的响声。

这样，他把你送到前村，
同样从破茅棚里，
呵欠着钻出个人来，
代替他送你一程。

一村，一村，
你一点不用为难，
不管夜是多么冷
风有多么大。

你走向前去了，
拿火的人便转回去，
又等候着
引送别的夜行的人们。

1939 年 11 月 17 日阜平东湾

你们

电话的耳机上
说着你们,

街头的大捷报上
写着你们,

飞着唾沫的
老乡的嘴里
讲着你们……

你们——
独一师的兄弟
大胜利的主人!
——胜利万岁!
——独一师万岁!

欢迎光荣的胜利者诗传单之十一
录自《七月》第 5 集第 2 期 1940 年 3 月出版

山! 山!

山! 山!
一眼望不到边,

像大海的波涛,

起伏,连绵。

山连山,

山套山,

翻过一架山,

又是一架山……

插箭岭,

倒马关①,

九曲连环鸟迷路,

七十二盘②鬼破胆。

我们像

大海的鱼儿,

自由自在

浪涛里钻。

登高一呼,

万山响应,

草木听命,

山随人意转③。

---

① "插箭岭""倒马关"都在唐县涞源交界处,顾名思义,可知山隘的险要了。
② "七十二盘"在平山盂县交界处。
③ 反"扫荡"中,我们天天同敌人兜圈子,转山头,一瞅见机会就杀伤他歼灭他。——有段时间山头上的树是活动的,树倒了,就报告敌人来了。

任凭你
撒下天罗地网①，
日本鬼子！
管叫你网破船翻。

写于1940年秋季反"扫荡"中

歌唱二小放牛郎

牛儿还在山坡吃草，
放牛的却不知哪儿去了，
不是他贪玩耍丢了牛，
放牛的孩子王二小。

九月十六的那天早上，
敌人向一条山沟"扫荡"，
山沟里掩护着后方机关，
掩护着几千老乡。

正在那危机的时候，
敌人快要走到山口，
昏头昏脑地迷失了方向，
抓住了二小要他带路。

---

① 日本鬼子"扫荡"解放区的时候，有所谓"梳篦""拉网"等战术。

二小他顺从地走在前面，
把敌人引进我们的埋伏圈，
四下里砰砰嘭嘭响起了枪炮，
敌人才知道受了骗。

敌人把二小挑起在枪尖，
摔死在大石头的旁边。
我们的十三岁的王二小，
可怜他死得这样惨！

干部和老乡得到了安全，
他却睡在冰冷的山巅，
他的脸上含着微笑，
他的血印红了蓝的天。

秋风走遍了每个村庄，
它把这动人的故事传扬；
每一个村庄都含着眼泪，
歌唱二小放牛郎！

  写于1940年秋季反"扫荡"以后，当时住在晋察冀边区平山县两界峰

狼牙山五壮士歌

棋盘陀山崖多，壮士的血花红，

血花红，血花红，

勇敢的八路军五个好英雄。

二十五那一天，一团的突围战，

突围战，突围战，

一团被包围在狼牙山。

掩护着总退却，

留下了第六班，

第六班，第六班，

（五壮士）死守在棋盘陀，任务重如山。

敌人五次冲锋，

一齐都被射落，

被射落，被射落，

壮士的热血燃烧在棋盘陀。

真可惜枪弹完，

一死报祖国，

报祖国，报祖国，

把武器全破坏，跳下棋盘陀。

留下了好故事，

战斗者做模范，

做模范，做模范，

这五个好英雄流传在民间。

本歌曲作于1942年，劫夫作曲，以纪念在1941年9月25日跳崖的狼牙山五壮士

三 月 的 夜

——动员参军工作中的一个故事

月亮是多么的亮呵,

照着三月的夜,山里的夜,

照着睡了的村子。

杏花开着,

在夜里,闹哄哄地开着,

像年轻人的梦。

他们俩走着,

在散了会的路上

肩并肩地走着,

低声地说着:

——我报了名,要走了,你想我吗?

——我想你!

——你想我?……

——你要是老守在家里,我就讨厌你了。

三月的夜,

你是多么的香呵,

你是多么健康而甜蜜地在呼吸着呵!

——子弟兵快要入住了。

1943 年 3 月 10 日平山老坟沟

歌　声

是哪里来的歌声呵？
这么动人的歌声！
在大沙河的上空飘荡着，
在这黄昏的天幕下。

敌人刚才退走，
村子里一片瓦砾，
天空不见飞鸟，
路上没有行人。

从那高高的山上，
走下一片雪白的羊群，
长鞭子在空中响着，
唱歌的是那牧羊人。

在这黄昏的天幕下，
在这劫后的山村里，
我突然感觉到
晋察冀的精神！

1943年9月27日平西
1956年整理时修改

柴　　堡（节选）

第十三章　雪夜的行列

一

晋察冀的大地上
雪落了。

美丽的雪，
新的雪，
大朵地
飘落、飘落……

无边地
飘落、飘落……

山呀，
河流呀，
树林呀，
村庄呀，
好明亮！

晋察冀闪着银的光。

雪地上，
马在奔跑，

军队在演习,

民兵在操练。

哨兵端着枪,

好像站立在天空上。

晋察冀呵!

你的每一条神经,

都紧紧地

绷得像弓弦。

晋察冀随时在准备作战。

二

大大的几颗星

照在雪地上。

夜呵,

好明亮。

风息了,

雪停了,

只有流水

还在冰下歌唱。

悄悄地,一个行列

从柴堡出动了。
好像白纸上
移动着一条黑线。

——啊,
好区长!

那是大队长在你的灵前说的
——一定要打开大山镇,
把捷报送到你的坟上。

1943 年冬写

1944 年冬改写

选自《柴堡》,光华书店 1947 年 11 月

写在断墙上

我知道,
你是一个温暖的家:

丈夫很勤劳,
妻子很贤惠。

欢蹦的孩子,
慈祥的老人。

干净的小院子，
一架葡萄撑起绿荫。

我在你家里住过，
你们待我像自家人。

——今天走过这里，
鬼子却把你毁灭了。

我把诗句写在断墙上，
好像烈火烧着我的心！

1944 年夏阜平

1956 年整理时修改

钱丹辉

集　　场

道上
穿大红裤子的姑娘
骑着毛驴,
摇晃地
走向集场。

集场
山里坦阔的平原呵,
群山在你周围
低下高昂的头,
你像沙漠里,
一片长满青草的绿野,
给人民丰富的营养,
给人民呼吸自由,
呵,集场,
你山里坦阔的平原!

人的海,
活着的海,
喧嚣的波浪,
从黄色的烟叶堆里,
从鲜红的柿子堆里,
从闪光的钢铁旁边,
从冒着蓝烟的炉子上,

哄笑地
摇送出来。

那是活着的声音,
人民的声音。
他们——
含着坚固的希望,
呼喊着
告诉我们:
在祖国,
在大山里。
还有千百万个
广大的集场,
集场呵!

1939年3月作于易县北娄山村

夏　　收

健康的笑
健康的歌,
从田野里
播送出来了。

熟透的麦粒

像顽皮的孩子一样,

在战士的手里

跳跃啊!

1939年5月晋察冀军区一分区保卫麦收动员大会诗传单

1939年5月草于易县北娄山村

红 羊 角

一

天蒙蒙亮,

敌人的大炮又在响,

山边的农民奔向狼牙山上。

狼牙山纵横百里长,

一排排锐利的山峰高千丈,

岩壁上山路盘旋好似羊肠。

山窝里有个小山庄,

重重的高山把它隐藏,

它的名字叫滴水堂。

铁色的岩壁冲向云霄,

耸立在滴水堂的两旁,

一道清清的泉水奔流不停，

顺着一扇岩壁哗哗地响，

黄雀绕着岩顶边飞边唱，

像是一串清脆的银铃，

在静静的山谷里飘荡。

在滴水堂的沟门口，

在那高高的岩顶上，

有个青年站在杏子树旁，

他腰里插着羊鞭，

手拿着羊角盯住前方。

二

晌午，

敌人奔袭来了，

牧羊人吹起了羊角。

羊角的叫声又亮又急，

发出尖利的警号，

像一道闪电飞过山谷。

一颗子弹飞来，

擦破了牧羊人的前额，

羊角顽强地叫着，

他满手是血，

羊角染得通红。

敌人疯狂地射击，
无情的子弹的风雨，
直向牧羊人的身边扫去，
铁色的岩石吐着火花，
满山满谷飞喷着烟雾，
多少杏树枝带着仇恨飞落，
呵，呵，
牧羊人还立在岩顶上，
猛吹着红色的羊角。

呵，这尖利的警号，
伴着母亲对孩子的召唤，
伴着羊群的呼喊声，
伴着农民赶牲口的吆喝，
伴着沟里忙乱的脚步声，
冲破枪弹的叫嚣，
在山谷里闪电似的飞奔。

三

黄昏时候，
子弟兵歼灭了进山的敌人，
庄里人把牧羊人抬回山庄。

子弟兵赶来给他上药，
乡亲们都赶来看他，

凝着神听他细声说话。

呵，贫苦的牧羊人，
他被敌人打得浑身是伤，
他没有说出乡亲们隐藏的地方。

一个老妇人走近炕沿，
她的眼泪止不住地落下，
一滴一滴湿透了牧羊人的血衣裳。

牧羊人看着老妇人，
看着满屋里的人们，
淡淡的油灯照着他，
他的一双眼睛呵，
好似秋天的夜空那样清爽。

四

冬天到了，
牧羊人的伤养好了，
子弟兵送他回到滴水堂。

这是天气晴朗的日子，
牧羊人披着宽大的羊皮袄，
敏捷地攀到岩顶上，
他拨开白雪，
看见红羊角闪着亮光。

呵，严冬的白雪盖满狼牙山，

寒风在滴水堂的上空呼啸，

我们的牧羊人呵，

站在白花花的岩顶上，

他一只手抚着倔强的杏树，

一只手拿着红羊角，

一支新羊鞭插在腰旁。

1942年2月写于狼山下岭东村

深山夜话

峭壁耸立的山谷，

泉水淙淙的山村，

今夜队伍在这里宿营。

房东是个魁梧的农民，

站在门口欢迎我们，

好像见着久别的亲人。

他爱问爱说，

言语滔滔不绝，

带着天赋的幽默。

当他说起他的儿子，

忽然显出神秘的眼色：
"这两年准是党员了，
可是总是对我保守秘密。
他哪里知道，
我进党的时候，
他才三岁哩！"

我幸运遇见这样的老同志，
我紧紧握着他的手，
感谢他教我懂得山区的历史，
在泉水淙淙的山村，
在峭壁耸立的山谷里。

1942年3月反"扫荡"之夜草于河北易县玉皇沟门

夜别插箭岭

一轮明月飞上古长城，
拒马河边响起军号声，
我跨上银色的马鞍，
看一看岭下的小草屋，
看一看威武的插箭岭，
我禁不住拉紧了缰绳，
我的战马走走又停停。

插箭岭呵插箭岭，

你顽强地立在天空，

你是英雄的阵地、英雄的山岭，

我记不清有多少个夜晚了，

夜夜枪弹的风雨落满山头，

岭上的杏花谢了又开，

我守卫着你，夜夜苦战到天明。

小草屋里住着的老妈妈呵，

你在插箭岭下度过了艰难的一生。

我也记不清有多少个夜晚了，

你常常冒着塞上的风雪，

从陡峭的小路走上山顶，

我端起你送来的热米汤，

我总是看它很久，一口一口领受着你的深情。

我舍不得离开老妈妈呵，

也舍不得离开插箭岭。

可是号音又在响了，

我要撒开缰绳向前飞奔了，

看，我的战马也在仰头长鸣。

再见吧，亲爱的插箭岭，

我在参战的年月学会了勇敢。

今夜我将带着你峰头的明月，

举起马刀劈断敌人封锁线，

当山下的雄鸡一声报晓，

请你看看远方的城郊吧，

我们将点起火把，让胜利的火焰烧红天。

再见吧，亲爱的老妈妈，

我不会忘记你满头的白发和你破旧的衣衫，

为着你，我不惜自己的鲜血流干。

明天，当我们消灭了敌人，

我要向着你的小草屋快马加鞭！

1942 年 5 月草于狼牙山下岭东村

夜过柿树林

高高的山峰上满天星，

几只山雀沿着溪水欢鸣，

我跳下小红马，

拉着它走进柿树林。

树枝上刚刚吐出了新叶，

我却想起去年满树柿子红，

那时候树下站着一个姑娘，

她喊一声同志，将两个柿子放在我的手中。

通红的柿子又香又甜，

我要带回部队去，请大家尝尝新鲜，

可是，我竟忘记向她道谢，

就急急忙忙跨上了马鞍。

今夜我又踏上了林中的大道，

我放慢了脚步，小红马紧跟在后面，

我不让它碰伤一根嫩枝，

也不让马蹄声惊醒老乡的睡眠。

1942年5月草于狼牙山下岭东村

魏

巍

月 夜 短 曲

月亮从小山那边升起了
也飘走了最后的枪声
山谷的乡村哟
投下了黑发一样美丽的阴影
将八月的月亮接迎

看我们的门前
小小的水潭里快盛满了星斗
那草丛里的虫子
又用它们的琴声吹起月明

多么好的夜呵，多么好的夜
同志呵，到外面去吧
你听我们的儿童团
歌声快要飞上明月

我们去和他们
追逐草地上的萤火吧
看谁捉得多
或者放开粗嘎的喉咙
用射击一样的力量去唱歌

哦哦，我仿佛又听见
从河岸的柳枝下

飘起了洗衣姑娘们的歌声
她捣着我们染血的军衣呀
又唱着土地,唱着英雄
像叮咚的小河怀着深情

这歌声好像说:
人们呵!
请出来看看你家乡的夜景
到明天
你会更快乐地去战争

1939 年

原载《诗战线》

滹 沱 河

滹沱河,滹沱河,
滹沱河里血泪多。
张家花大姐,
鬼子奸淫过,
大姐眼里含满泪,
泪珠儿流到滹沱河。

滹沱河,滹沱河,
滹沱河里血泪多。

东洋狗强盗,

杀人满山坡,

满山满谷血横流,

鲜血流到滹沱河。

滹沱河,流流流,

流到天涯也有尽头,

我们的血海冤仇不能报呀,

永远不能算罢休。

1939年1月平山

高粱长起来吧

夏天来了,

战士们好像这样低唱着:

高粱长起来吧,

高粱长起来吧!

我们要去铁路东,

那大平原上逛一逛呀!

大平原,

一眼望不到边的

绿汪汪的海呵!

我们到那里去随便地逛逛，
背起我的小马枪，
把手榴弹别在腰里。
顺便到保定城也去逛逛吧！
好久不见的城，
好久不见的街道，
好久不见的生意呀！

跟好久不见的老乡
见一见面，我敢说
那儿的老头儿、小兄弟、姑娘们，
在合着嘴巴想我们哩！

呵呵，山哪，
不管你用多少野花
都留不住我，
放过夏天
就是放过游击队最好的年成呵！

高粱长起来吧……

1989 年 5 月易县东山南村

游击队部的夜

游击队前方的夜,
多么的静呵!
只有窗外蛙声如潮。

灯下,
小鬼们讨论着政治课,
那么热闹,
队长在写战斗报告。
突然,炮声在近处响了……

但像没有这事,
小鬼们依然讨论着政治课,
队长在写战斗报告。

做客的虽然心里慌,
但不好说,
只听着窗外的蛙声如潮……

1940 年 3 月

午 夜 图

午夜里，
在敌人多路扑来的山村，
电话铃急急地响着。

听，听不见枪声，
树叶在簌簌地飘落……

呵，这时，
葫芦架那边，
一堆红艳艳的灶火，
照花了我。

哦哦，红火边坐着一个巨人，
像风里的树影跳跃在大地，
那跳跃的红色的火光，
飞满了他一身。

他那滚过大雷雨的胸膛，
总是这样半袒露着。
你看他，
一块，一块，
把劈柴投向灶火。
谁能从这个战士的灵魂，
看出我们被重兵围困？

午夜里，

红艳艳的灶火，

照花了我。

看哪，葫芦架那边，

山草呼啸中，

坐着的是我们的民族……

1941月9月19日易县徐家反"扫荡"中

好 夫 妻 歌

一

乱尸里，我发现了你，

狼山上，你们一对好夫妻！

朋友呵，你死了怎么还睁着眼？

大嫂呵，怎么掉了一半头发在污泥里！

大嫂呵，你的衣裳怎么撕得这样烂，

朋友呵，你手里怎么还握着荆条子？

呵，你们纯洁的血液流一起，

狼山里，倒下一对好夫妻！

二

四年前,我头回来到狼山里,
就遇见你们这对好夫妻。

朋友呵,你给我挑了一挑儿甜泉水,
大嫂呵,你抓把山茶放到开水里。

当我说声谢谢你,
脸红了呵,你们还是一对小夫妻。

而今死在狼山里……

三

三年前,当我负伤在狼山里,
昏沉沉,又遇见你们这对小夫妻。

朋友呵,是你把我背回你的家,
大嫂呵,是你把紫葡萄一颗颗放到我嘴里。

如今呵,你们遭难我不在,
今天惨死在狼山里……

四

几月前,我又转到狼山里,

你们已经生了儿,正在过着苦日子。

大哥呵,你那天到山里采药去,
大嫂呵,你在家流汗蹬着织布机。

眼看着正要把荒年度过去,
可是呵,被敌人打死在深山里。

你们的幼儿哪里去了?
对我说呀,你们这对好夫妻!

五

好夫妻!好夫妻!
狼山里,你们这对好夫妻!

枪在我的手里直发烧,
热泪滚到我心里。

要不用敌人的头来祭你,
我情愿死在狼山里……

1943 年 4 月 17 日易县张公铺村反"扫荡"中

秋 千 歌 辞

农民们,
当我从你们的乡村走过,
赶路人呀,
也来歌唱你们翻身的快乐。

春风快乐地送起了秋千,
秋千舞动着花枝一般;
连赶路的行人也停住脚步,
连和暖的太阳也微笑不前。
老大伯呵,不要尽拈着白须微笑,
请告我:
这是谁家幸福的儿女打起秋千?

春风不要再尽情吹送,
看把我们的花枝快送过屋檐;
我们的雁群也带着担惊的歌啼,
低低地、弯曲地斜过秋千。
村剧团快停住喧闹的锣鼓,
请告我:
这倒是谁家幸福的儿女打起秋千?

秋绳垂下了,
数不清的小花鞋又挤满秋板;
老大娘紧忙地抓起秋绳,
把怀里的胖小子也要抱上秋千。

秋千架呀,

在这曾洒满血泪的土地上,

是谁搭起了你?

春风呵分不开吵闹的花团!

秋千架搭满了可爱的乡村,

我的每一个乡村呵是一座花园;

幸福的儿女挡住了行人的街道,

赶路人过去了,还不断回头留恋。

锣鼓声落,远处有隐隐的炮声响起,

哦,炮火边的战士们,

自然,你知道:

这是谁家幸福的儿女打起秋千!

1947年1月20日于河间。

好兄弟歌

白杨墅激战[①]在南山

有个农民背伤员

血流湿他的白单裤

---

① 这是一九四七年春天正太战役(南线战役)中的一个战斗。白杨墅是正太线上的一个车站。

也染红他的毛蓝衫

他先问同志疼不疼
又问同志颠不颠

疼不疼，颠不颠
昏昏沉沉不能言

又怕炮弹落前面
仓仓忙忙往下赶

往下赶，是山湾
有谁牺牲躺路边

下身也是白单裤
上身也是毛蓝衫

身后背着炸弹袋
手指上套着拉火弦

放下同志上前看
一滴热泪落胸前……

这本是他的亲兄弟
前日就伴上火线

好兄弟参加战斗组
好哥哥参加担架团

好兄弟，好党员
春暖花开二十三

有心背起兄弟走
翻身农民不模范

回家一去三五日
前线不能打老阎①

好哥哥山坡来思量
身上脱下毛蓝衫

盖上自己的亲兄弟
又背起伤员向前赶

送下了伤员往回返
赤膊提着手榴弹

好兄弟不知名和姓
只知他家住在太行山

本乡本土斗地主

① 指阎匪锡山。

出征又打还乡团

冲锋号响热血滚
和同志并肩冲上前

手榴弹起蓝花开
白杨墅突击登南山

敌人五名手下死
好兄弟热血也倾阵前……

好哥哥站在山坡边
擦擦眼来又俯身看

先摸摸那条白单裤
又抻抻染血的毛蓝衫

有心背起同志走
一阵风过泪点点

1947 年 5 月 24 日曲阳夜草
选自《两年》文化工作社 1951 年 10 月初版

邓康

咱们永远在一起

八路军呵老百姓，

咱们永远在一起，

咱们是受苦受难的一家人，

咱们是血肉相连永远不分离。

在晋察冀的每一个村庄里，

都住着八路军的父母兄弟，

八路军保卫着自己的家乡，

八路军和老百姓永远在一起，

生产战斗在一起，受苦受难在一起，

咱们永远在一起。

八路军呵老百姓，

咱们永远在一起，

熬过困难战斗到底，

把日本强盗赶出中国去！

1942 年

刘 元 贞

当我们撒下莜麦种子的时候，

我们会想起刘元贞的。

有一天夜里，
刘元贞领着区里的人，
到据点附近，
驮回来莜麦的种子。

这真是寒冷的夜晚，
虽然已是春天了，
天空还在吹卷着大风雪。
半山上的桦树林
在哗哗地乱响……

这个贫苦的农民，
小心地保护着这些种料，
他深深地知道，

农民没有种子的时候，
梦也是做不安稳的！

白茫茫的艰难的山路，
大河槽里的石头叫人滑跌，
刘元贞心里却非常平静，
这种天气敌人不一定会出来。
他正这样寻思着，
突然，吃了一惊，
顺着北风送来了杂乱的脚步声。
他停了停，看了看，

前面有二十来条黑影。

游击队早已到旁的山沟，
他知道是巡查的敌人，
他拔出了独角牛，
"噔"地向前打了一枪。

敌人也发现了他，
枪火一齐向他射来，
可是聪明的刘元贞，
一步一步退向山上。

他一面退一面放枪，
一个火亮，
一个火亮，
闪耀在风雪的夜里，
引诱着敌人向他追击。
多少的火箭向他射去，
刘元贞却攀上了山坡，
啊！他对道路是那样熟悉。

愤怒的敌人什么也寻不见，
黑暗的风雪里只听见刘元贞的声音：
"他妈的，来抓咱刘元贞吧！
咱是吃这山粮食长大的！"

那声音充满喜悦,

那声音充满兴奋,

好像儿子回到母亲的怀里一样,

刘元贞的踪迹也就隐灭在山上。

漫天的风雪停了,

天空上隐现了闪亮的星星,

刘元贞的茅屋里,

也充满了笑声。

农民们都向他围拢来,

伸过来自己的口袋,

一面接着那倒下来的种子,

一面听着刘元贞讲述着,

他一生从没有过的快乐!

5月26日

流笳（刘佳）

高粱熟了

高粱迎风点头，
枣儿红满山沟。
一阵笑声过后，
快快动手秋收。

镰刀磨得雪亮，
大枪背在身上。
伸着血手的日本强盗，
正向这里张望。

子弟兵三赞

一

像朵朵淡绿的彩云，
风吹着从高山飞下，
对着鬼子的碉堡，
一阵子乒乒乓乓。
轰隆一声比雷声还大，
烟火未散炮楼搬了家。
老百姓推门出来把亲人迎接，
不抽烟来也不喝茶，
说几句团结抗日把鬼子打，

提枪上马就又飞走啦。

二

天明我迟迟推开房门,
房檐下睡着几个年轻人,
雪花把身上盖满,
枪还搂在怀里抱得紧紧。
嫌我的茅屋矮小,
怕惊动我睡不安稳,
擦一把眼泪我轻轻叫,
不叫同志叫亲人。
毛主席的好战士呵,
铁打的身子孩子的心!

三

我吃树叶你咽秕糠,
帮我生产你还要打仗;
我夏天身上一件羊皮袄,
你秋后穿着单衣不嫌凉;
我受着鬼子的欺侮汉奸的气,
你找着他们一个一个消灭光;
我不离山沟天天地里转,
你风里雨里走四方;
要问你比我怎么样,
多一副为咱百姓的好心肠。

乡　　音

　　抗日战争后期,有时到部队去体验生活,和部队同志们一起生活战斗。日子长了,就建立了深厚的友谊。有时候,在夜晚长途行军之后,大家挤在一条炕上,便无所不谈,谈战斗,谈理想,谈故乡。每当谈到自己的母亲,都寄予了深深的怀念。过后记下来,成为六支短歌,统名"乡音"。

一　路过家门

那天晚上,
去袭击敌人。
星星眨眼三更天,
路过我家门前。
望见了妈妈的身影,
闪动在窗纸上边,
织布机,
喀哒响,
梭子穿过千条线。
我把脚步放慢,
心里喜欢,
眼睛盯着看;
猛想起,
行进在队伍中间,
敌人还在前面。

二　寄给妈妈

十年了,

妈妈!

你那笑容,

你那声音,

我还能清楚的记忆。

今晚上,

我听出来,

你在叹息,

盼我回去。

我回不去。

你的敌人,

还在践踏你;

打不败他们,

我们站不起。

再有几场猛烈的战斗,

就要他们倒下去。

我要在胜利的时候,

去看你,

也要把好日子带给你。

三　回到家里的时候

七年战争没回家,

乍一见着妈妈,

不知道先说哪句话。

妈妈老看着我,

一会儿笑了,

一会儿又把眼泪擦,

嘴里念叨着：

这不是梦吧？

这是真的吗？

抓住我两只手，

叫我紧紧挨着她。

四　愿　望

妈妈，

我好久没回家乡。

不知道

咱家的茅草房里，

挂没挂上

毛主席的像？

你要是挂上了，

日子红似火，

心地常明亮。

你也不会担心我，

在哪儿打仗。

不定什么时候，

就会坐到你的身旁。

五　书

我有几本革命的书，

有时藏到洞里，

有时带在身上。

下工回来，

点上油灯,

悄悄翻看。

妈妈不时地停住纺车,

向我深沉地望。

十年来,

打敌人奔走四方。

敌人到家,

妈妈早把书埋到地下;

敌人走了,

妈妈就亲手拿出来晾。

一次一次,

把什么都丢了,

连她生活的食粮,

书可没离开过她的身旁。

当我回家看她的时候,

她把书又拿出来,

叫我给她讲讲。

六　遥远的纪念

十四年来没有家,

高山深林把敌打。

妈妈白发多,

爹爹埋在荒山下。

如今——

恩仇分明,

尝遍了辛酸苦辣;

血泊里,
挣扎长大。

救了咱们的,
永远跟着他;
坑了咱们的,
永远记住他;
欺侮咱们的,
死也不饶他!

陈陇

青 纱 帐

青纱帐起绿油油,
高过肩膀高过头,
一望天边赛似海哟!
波浪滚滚无尽头。

鬼子叫苦,
城市发抖,
这正要我们大显身手,
这正要我们打个漂亮的战斗。

金 星 星

一

金星星,
银星星,
光屁股孩子会打更。
梃子轻轻打,
火绳照路径,
村前村后听动静,
庄里庄外去观风,
不让鬼子闯进来,
家家户户都太平。

二

金星星，

银星星，

大福小栓心里精，

山上放哨瞭得远，

村口站岗查人行，

没有路条走不通，

没有证明问个清，

带到村里盘查清，

里里外外搜个清，

瞪着两眼看分明，

提名道姓直批评，

临走送你三四程，

开口就把同志称，

下回过路要留心，

没有路条可不行，

谁说儿童不中用，

儿童团都是小英雄。

三

金星星，

银星星，

金栓银栓都能行，

金栓纺线线，

银栓搓麻绳，

放牛放羊的好把式，

打柴拾粪的好劳动。
上冬学,
下苦功,
黑板上写字认个清,
国家的大事摸个清,
一斗谷子一斗米,
金子银子也不能比。

1943 年于河北完县

英 雄 赞

你说什么花儿好?
我说自由的花儿好,
英雄们拿热血养育了他,
自由的花儿开放了,
自由的花儿开放了。

你说什么道路好?
我说光明的道路好,
英雄们开路打先锋,
光明的道路开拓了,
光明的道路开拓了。

你说什么生活好?
我说幸福的生活好,
英雄们生产流汗多,

幸福的生活得到了，
幸福的生活得到了。

你说什么消息好？
我说胜利的消息好，
英雄在战斗里打败了敌人，
胜利的消息传来了，
胜利的消息传来了。

你说什么故事好？
我说英雄的故事好，
英雄给民族争光荣，
生动的故事数不了，
生动的故事数不了。

英雄在敌人面前不动摇，
英雄在胜利面前不骄傲。
英雄大声一呼喊，
群众的拳头举起来了。
英雄大声一呼喊，
群众的拳头举起来了。
英雄举起了战斗的火把，
敌人胆战心又跳，
英雄的故事光辉了中华，
英雄的人格，
比太行山还高。

1943 年冬于晋察冀

鲁藜

夜 行 曲

夜,不知什么时候了

一颗星落在树枝里了

夜的风睡着

静静的

静静的

同志们

向前面去

向前面去

向前面去……

我们迅速地

轻轻地,走

像没有风的夜那样静

夜,静极了

像坚固的砚台一样呀

一个跟上一个

不要掉队

同志们

不要掉在黑暗里边

向前面去

向前面去

向前面去……

向前面去

小河落在我们后边了

向前面去

村庄落在我们后边了

我们把村庄掉远了

远了

狗在远远地叫了几声

一切又归于静止了

向前面去

向前面去

向前面去

同志们

一个跟上一个

让我们的足步

在大地的弦线上奏出歌曲

向前面去

月亮飞出来了

向前面去

月亮照清山的面孔了

我们爬过山去

山顶的树像烟一般地飞散了

呵

夜呵漫漫无尽的

我们走,又是像没有底似的

向前面去

我们要通过黑夜

夜也快要完了

月亮冲出了树梢

在星空里游着，滚着

走呀，向前面去

同志们

天微微地发亮了

天亮的时候

像一朵花蓦然偷偷地开放

你闻过初开的花儿的香味吗

你闻到了黎明的氤氲的气息吗

呵，走呀

向前面去

向天亮的地方去

在路上

有先进者留下马蹄的痕迹

在路上

有我们的同志洒下的血滴

夜，已经接触着黎明了

晨星已经升起来了

1940 年 12 月 15 日

夜 葬

我们的兄弟死了
我们抬着他

记不清什么村子
也记不清什么时刻
哦,不要紧
就是那个神圣的土地
那些战斗的日子

我们把他放下去
放下去
挖得太浅吧
掘得深一些
把他深深地埋住

恰好有月亮
我们的队伍走不多远
我们还来得及赶上

好好地动手
不要把石头也掉下
敲得棺盖乱响
不要叫我们的兄弟
睡得不舒服

他，睡得那么甜
一个勇敢的人
勇敢地战死
就是最大的快乐

没有墓碑怎么办
不要紧
这里正好有一棵大树
就在树干上刻下他的名字

树呵，不要被狂风吹倒
吹不倒的
有勇敢的人在它的旁边

今夜，一点风也没有
月光那么静
照着兄弟的墓上
一切都好了
我们走呀
趁着前面还有步伐的声响
慢一点，站好
给我们的兄弟最后敬礼
于是，我们都举起了手

1941 年 11 月 20 日晨

树

一

有一年春天
我和张德海种一棵树
在滹沱河的旁边
老张说:"树长大了
也许我们不会长在一起
哪一年,哪一月
你想起我,就到树边来
树就是我,我就是树。"

二

第一年,树苗有些枯黄
我想树是活不成了吧
第二年,我又经过滹沱河
树长满了绿叶
树比从前高了一倍
我很高兴
我在马上折了一枝叶子带走
这是我的朋友
我拿着叶子
像握着农民战士的手

三

第三年,听说张德海挂彩死了

我很难过

我跑去看树

树长得更粗,伸出更多的巴掌

我站在树荫下想:

"张德海虽然死了

可是,他给民主共和国栽了一棵树

在将来,树叶繁茂

要撑起绿帐在蓝空里

在这里,会有新社会的公民去散步

会有强壮的公牛在这旁边吃青草

会有耕种机在这里飞驶

也会有成群幸福的孩子

在抚摸这苍老的树根吧。"

四

想到这里

我流出喜悦的眼泪

我用手摇着树

树哗啦地响

好像在同我说

"我是张德海

让我们永远相爱吧!"

1942年9月6日

红 的 雪 花

冬天，在战斗里
我们暂时用雪掩埋一个战死的同志
雪堆成一座坟
血液渲染着它的周围

血和雪相抱
辉照成虹彩的花朵

太阳光里，花朵消融了
有种子掉在大地里

青 春 曲

一

啊，大地醒来了，
生活呀，伟大的生活呀，
我们的日子呀，
又飘荡着青色的陶醉的日子呀！

让那山醉了，
让那小河醉了，
让那田野醉了，

让走在田野的人也醉了呀!

啊,春的颜色,
春天的酒呀!
你斟给我们生命以火焰呀!
像火焰般飞舞的春天呀,
你烧灼着太行山,
你烧灼着我们青春的胸部呀!
我们的胸部起伏着,
我们狂奔向着山巅,
我们受着春天的爱恋而歌唱了!

二

啊,春天呀,你是
青春人们的恋人呀!
恋人们心中的恋人呀!
小河的恋人呀!
杨树的恋人呀!
小田鼠的恋人呀!
黄土泥层的恋人呀
黄昏的羊群的恋人呀!

你来了的时候,
那杨树就发狂发昏地装饰起来了,
那杨树就无缘无故地闯跑起来了!
你来的时候,

小银虫跳动起来了，
蝴蝶就拨着白裙乱舞了！

什么都惊动了呀，
春天，谁都为你而高挂起生命的旗子了！
连那最顽固的岩石层，
也为你放开了一朵粽子花呢！
啊，春天，
谁都有自己的旗子
——生命的战斗的旗子呀！

昆虫们有自己的金色的胄甲，
那空中的禽鸟，
要载负着自己独特的羽翎去夸耀人间！
而那人间的人们呀，
要让生命去沸腾，去斗争！

三

啊，春天，青春
我的青春的伙伴呀！

望望我们的脸呀！我们发狂地笑了。
春天也在我们的颊上倾流着妩媚的春色呢。
我的年轻的同志们呀，
不要阻挡我们神经质地狂笑呀！

在这些日子里不让我们大欢笑吗?

在这太行山春天放荡的时候,

不让我们去酬谢多情的春天吗?

也许有人要说:

——忘记了现实的家伙呀!

同志,我们没有忘却现实呀!

就在昨夜,我们还哭过呢。

我们为那个被难的同志哭过呀!

可是,在今天,我们又笑起来了,

我们要笑呀,伙伴

你忘了吗?

就是在过去那黑暗阴险的日子里,

那血腥的残杀的日子里,

立在我们兄弟姐妹们尸首旁边,

我们还笑着呢!

我们笑着

——摧残吧,

我们的理想与热情的灵魂不会死的!

而在今天,在太行山的春天里,

在这为将来所记忆的大时代里,

在这为祖国,世界历史永久记载的年代里,

那么,大地母亲要用她那赤热,

那样恋爱的胸膛来收藏我们了!

那么，麦苗要更肥些，

那么，我们的兄弟，孩子要更坚强地斗争了！

四

啊！兄弟，伙伴，我的青春同志们哟！

在太行山的春天里，

让我们尽情而激昂地歌唱呀！

在我们这里，

日子是这样瑰奇宏伟！

看，那个清明时墓上的旗呀！

被春风刮断了，挂在那柯榛上，

那南方来的燕子呀，

你是用你的剪翼修饰着碧空的绿野吗？

啊！就在这里有广大的人民战士，

在这里开拓着，斗争着，

在创造伟大的土地，太行山呀！

太行山是这样蔓延无边，

而春天，她停留在这里，

斗争在这里，

笑在这里。

徐明

渡 黄 河

黄河水像狮子喊,
木船顶风推下滩;
白发苍苍老舵手,
见他人人都壮胆。

河似弓弦船似箭,
顷刻之间到东岸;
再见再见乡亲们,
不消灭日寇不回还!

1939年1月

在太行山的雪道上前进

太行山上
冬天的道路,
雪,
像海一样深……

太阳还没有起身,
我们就挺起胸,
翻起大衣领,
像风浪中的帆船,

在雪的海里，
前进，前进……

漫长的雪道上，
早已有行人，
我们踏着前面的脚印走，
而后面踏着我们的脚印而来的人，
还多得很！

这些不断的脚印呵，
深深刻着
我们斗争的艰辛；
深深刻着
我们伙伴的英勇。

当我每跨一步，
便想到，
在太行山的雪道上
刻着我们的脚印，
比在大理石的碑上
用灿烂的金字刻着我们姓名
更有千万倍光荣！

1939 年 12 月

青 纱 帐

七月里遍地青纱帐,
游击队好打伏击仗,
好比海洋里涨潮水,
鱼儿们喜欢大风浪。

哪怕你鬼子来"扫荡",
瞎渔夫撒下破渔网,
捉不到鱼儿翻了船,
给咱们送来好干粮。

1941 年 7 月

黄 金 时 代

幸福的人,
都有一个玫瑰色的童年;
而我的童年呵,
比煤窑还要黑,
比畜棚还要阴暗。

爸爸是个失业游荡者,
终年拖着疲倦的影子……
妈妈带着我,
用血汗换饭吃,

她蓬着头，一天忙到晚：
挽着竹篮上街买菜，
提着水桶上楼擦地板，
围着白布烫小姐们的绸衣，
弯着腰擦少爷们的皮鞋……

我，像一只被遗弃的破鞋子，
丢在门角里，没有人理睬；
肚子饿了，
在主人的厨房里，
舔着已经吃光了的金边碗。
我是在没有阳光的小巷里长大的，
我是在苍蝇嗡嗡的垃圾箱旁边长大的，
我的黄金时代
不在童年。

生命啊，
过去是石板下的嫩芽，
现在是雪里开的梅花。

我新生了。
当神圣的抗战爆发，
苦难的日子，
被炮火烧成灰。

真理向我微笑，
光明向我招手，

我奔向集体,
像细流汇入滚滚的大海……

在革命的摇篮里,
我尝到了童年的甜蜜,
感受了比母亲更崇高的爱;
从此我像一个幸福的孩子,
没有忧郁,没有失眠。

每天吃着喷香的小米饭,
会议上站起来积极发言,
勤快地做完一天的工作,
和小鬼们一同游戏。
我相信,只有革命者的心,
最刚强,最红热,
最天真,最纯洁。

我爱这艰苦而快乐的日子啊,
把它当作人生的春天,
把它当作赛跑的起点,
我要加紧战斗的步伐,
奔向我所理想的,
童话般美丽的世界……

虽然我嘴上快要长胡子了,
而我常常骄傲地说:
"现在,

是我的黄金时代!"

1942 年 1 月

同　　志

我们互相呼唤着——同志。
无论谁写信，无论谁讲话，
都喜欢用这个最恰当的称呼。
这个称呼，多么亲切，
这个称呼，多么热烈，
这个称呼，带来力量和勇气。

我们来自旧社会，
每个人都有痛苦的记忆。
我们没有真正的朋友，
过着孤独的凄凉的岁月。
你，筋骨酸痛、眼睛熬红的工人，
劣等的纸烟、呻吟的床板是你的伴侣；
你，被苛捐杂税压弯了腰的农民，
疲乏的黄牛、悲哀的骡子是你的伴侣；
你，住在亭子间、长期失眠的作家，
成群的苍蝇、蚊子、臭虫是你的伴侣；
你，笼里的金丝雀似的小姐，
墙上的影子是你的伴侣……
幸福从来不敲我们的门，

几时听见过真挚的友爱的声音?

几千年了,灾难的黑云笼罩着中国啊!
我看见过,为了饥荒挑着儿女叫卖的父母,
我看见过,为了争遗产打得头破血流的兄弟,
我看见过,上午喝酒,下午翻脸的朋友,
我看见过,结婚不到三天便离婚的夫妻……
旧社会的法律、道德是毒剑,
它割断了人与人之间亲切的关系。

啊!我们这里有一种什么力量?
什么力量推翻了人与人之间的高墙?
什么力量填平了人与人之间的鸿沟?
什么力量架起了人与人之间的桥梁?

你来自森林遮天的东北,
你来自终年绿色的南洋,
你来自风沙弥漫的高原,
你来自花草繁茂的江南。
我们互相呼唤着——同志,
我们用和谐的声音大合唱,
唱着《国际歌》,唱着《八路军进行曲》,
我们的脚在一个旋律里起落,
我们的心在一个旋律里跳荡……

我们是同志,崇高的感情
超出了母子、情人、兄弟。

同志的成功，就是自己的喜悦；
同志受了伤，愿为他输血；
同志有缺点，善意地批评、帮助，
同志牺牲了，接过他手里的红旗。

我们是一个钢铁的集体，
我们是一个不断扩大的集体，
拿起武器，向旧世界宣战，
和一切腐朽的东西决裂；
今天把黑豆当饭吃，衬衣缝里有虱子，
想到胜利的明天，苦菜笑着咽下去。
我们要把灾难痛苦连根拔掉，
将来，不很遥远的将来，
人与人都是同志关系。

1942 年 2 月

赠　　别

大反攻的前夜，
你要回去了。
秋天的雁，
为了逃避北方的风雪，
才飞到南方去；
而你，勇敢的战士啊，
哪里斗争艰苦，
便到哪个地区。

我知道，
你所眷恋的不是故乡的红花绿草，
而是在太阳旗下，
被侮辱与折磨的人民；
你在梦里也念念不忘的，
正是他们啊！

你是经过了整风回去的，
你是带着毛主席的指示回去的，
你将在被血洗过的土地上，
撒布自由与幸福的种子。

我失掉了你的鼓励和帮助，
心里固然难过，
但一想到人民在召唤你，
胜利在召唤你，
便觉无限欢喜。

我仿佛看见，
不久的将来，
队伍在锣鼓喧天声中进城，
一群从灾难里成长的孩子，
举着小红旗，
用亲切的声音叫你"叔叔"，
你抱起他们笑了，
眼里却涌出了泪水……

1945年6月4日

马 兰 草

马兰草，
马兰草，
紫花像蝴蝶，
绿叶长条条。

长在荒山道，
对着牛羊笑；
不供雅人瓶里插，
倒是造纸好材料。

结实的马兰纸，
印成书和报，
建设人民新文化，
你有大功劳！

马兰卓，
野生的草，
有用的草，
你在我眼里最美好！

1946 年 5 月

夸咱八路神炮手

大炮架在高山头,
要为人民报冤仇,
瞄准对面大碉堡,
震天动地一声吼。

一连三炮打得准,
不偏左也不偏右,
砖瓦石头四散飞,
敌尸乱滚鲜血流。

大炮转向打城楼,
吓得敌人忙逃走。
老少举起大拇指,
夸咱八路神炮手。

1946年晋北

汾河两岸的歌谣

纺　纱

十三四岁女娃娃,
坐在窗下学纺纱,

问她生产为了甚？
"过年要穿新裌裌！"

儿　歌

树上喜鹊叫喳喳，
门前小狗摇尾巴，
快腾房子快烧水，
八路军哥哥到我家！

山丹丹

山丹丹花崖畔开，
带着露水摘下来；
问我送给哪一个？
微笑不答你去猜！

1946—1947 年

民　主

民主像一阵春风，
把痛苦与寒冷，
吹得无影无踪。

太行山人民的生活，
像春天的花，

开得又香又红!

得日寇投降消息

猛传顽敌已投降,
舞笔抛书喜若狂。
整日欢歌惊鸟雀,
通宵火炬绕山岗。
八年抗战青春热,
千里从军斗志昂。
梦里亲人挣锁链,
红旗哪日过长江?!

1945 年 8 月

远千里

冀中之歌

我走在辽阔的平原上，
情不自禁地高声歌唱：
无际的蓝天无边大地，
一片树林是一个村庄。

村头上的红旗在飘扬，
广场里的歌声在荡漾，
拿红缨枪的是老太太，
查路条的是小姑娘。

共产党来了天变了样，
抗日的标语写满墙，
人人都像钢铁一样，
谁也不做软弱的羔羊。

"小学教员"① 做了县长，
工人农民挺起胸膛，
母亲送儿妻送郎，
子弟兵保卫自己的家乡。

呵！——亲爱的冀中区，
要把你的功勋写在历史上。
你戳进了敌人的心脏，
为无产阶级把战士培养。
你头枕着北宁铁路，

---

① 抗日战争前，有些共产党员以当小学教员来掩护自己的革命活动。

平汉、津浦在你两旁；
冀中有美丽的白洋淀，
曾经出没过红色武装。

呵！——亲爱的冀中区，
你蕴藏着革命的力量；
如今你是自由的土地，
我怎能不为你歌唱！

1938年5月安平崔侯疃

去找吕司令

你往哪儿去？
——上安平①。
上安平干什么？
——找吕司令。
找吕司令干什么？
——要身绿军装，
领支老套筒；
赶走日本鬼，
保卫咱老百姓。

1938年5月

---

① 安平是当时晋察冀军区冀中军区司令部和政治部的所在地。司令员是吕正操将军。1938年是群众参军的一个高潮，现在有些干部被称为"三八式"的干部，即指这年参军或参加革命工作的人。

拆　　城（街头诗）

鬼子们要来进攻，
妄想占据咱县城。
咱们赶快来拆城，
叫它占了不安生！

咱们打的是游击战，
准备长期来作斗争。
鬼子要的是城墙，
咱们要的是老百姓。

1938 年 11 月于蠡县

都 是 区 长

刺刀把人们逼到关帝庙前，
皮鞭抽打在乡亲们的身上。
凶恶的面孔发出豺狼吼声，
追问哪是抗日的区长？

区长隐藏在群众里面，
如同隐藏在深山之间，
敌人若想搜捕区长，
除非铲平这座大山。

区长隐藏在群众中间,
如同鱼儿游在大海里边,
敌人若想搜捕区长,
除非将海水淘干。

鬼子从人群里提出老大爷,
问他是否认识区长。
老大爷把头摇几摇,
一句话儿不肯讲。

万恶的日本狗强盗,
正是披着人皮的豺狼,
它用那明晃晃的刺刀,
猛地穿进老大爷胸膛。

又从人群里提出老大娘,
要她快快指出哪是区长。
若是她也不肯讲出来,
老汉就是她的榜样。

老大娘不慌也不忙,
回过头来拜拜四方:
相信共产党会给她报仇,
鬼子的命运不会久长!

鬼子气得满脸紫涨,

咒骂老太婆竟敢倔强，
立刻又舞动刺刀，
狠狠穿透老人家脊梁。

一个小孩子被拉出来了，
刺刀又在他面前摇晃，
他要不指出哪是区长，
叫他永远见不到爹娘。

小孩倒也开了腔，
他说："我是儿童团长！
今天豺狼若敢把人伤，
明天定然有人杀豺狼！"

鬼子气得暴跳高三丈，
狠狠打小孩一记耳光，
然后又把那血淋淋的枪刺，
对准了那个小小的胸膛！

人们的心里又一阵紧张，
眼看着这小孩又得遭殃，
口里咬牙，心想搓掌，
要设法制止敌人的疯狂。

忽听有人厉声叫嚷：
"不要杀他——我就是区长！"

这真是晴天的霹雷，
人们的心情有些慌张。

喊话的人正是区长，
你说说这多么荒唐！
要是真的叫敌人捉去，
岂不是摘掉了人们的心肠？

只见敌人向他走去，
未来的事儿不堪想象；
忽然又听有人大叫：
"我是真的区长！"

霎时间人声嘈嘈像爆仗，
关帝庙前掀起悲愤的声浪，
每个人都挺起自己的胸膛，
大喊着"我是区长！""我是区长！"

一手护卫着自己的区长，
一手拦挡着披人皮的豺狼，
共产党使人们心连心，
死也要死在一个地方！

人们徒手和野兽拼；
野兽对着人群开枪，
直到游击队包围上来，

野兽们才向着村外急闯。

区长和伙伴们抑住悲伤，
把亲人的尸体好好埋葬，
然后计划为死者复仇，
要消灭净所有的豺狼！

1941年定县

她驾着小船

一个年轻姑娘，
她驾着小船，
双手划桨，
船身似箭，
飞过平静的白洋淀水面。

她驾着小船，
划进苇丛，
穿过一道道濠沟，
寻找那个
绿色的帐篷。

她吹了一阵口哨，
又学咕呱鸟叫。

苇丛中走出一个人，

白羊肚手巾，

晃了三晃，

正是电台队长。

她给队长

带来县委的信，

还有给养。

报务员、译电员，

都来欢迎这个姑娘。

在无边的苇丛里，

谁在轻快地歌唱？

1942 年 7 月白洋淀

深山，夜里的火把

在白色的

苍茫的夜雾里，

一团

红红的火焰在燃烧。

是一个

青年妇女，

从高头的小屋,
走下
弯曲的小道。

呵!是她!
手里拿着火把!

十几个青年妇女
从高头的小屋
走下来,
十几个火把,
像一条火龙,
冲破黑暗,
冲下山来!
(火呵!你在深山的夜里,
是多么勇敢呵!)

年轻的妇女们
开会到夜深,
在回家的路上,
还继续地谈着:
给代表建议,
给驻军建议……

还大声地说着:
这是民主呀,

这是边区的法令呀……

从火把的红光里,
从她们的身影和清脆的话声里,
我看到
深山
人民的力量!

1942 年 10 月 6 日

小小的光芒

漆晨的夜,
漆黑,漆黑,漆黑……

当我因急躁而愤怒的时候,
看到一个
小小的光芒。

呵!
原来是一只萤火虫!

萤火虫呀,萤火虫,
我来考验一下你的光!

我捉住萤火虫的翅膀,

从它小小的光芒里,

看到面前

矗立着的

无限高的

大山。

大山呵,

依然镇静得

像一位

阅历极深的老人!

是呵!

它

从容地告诉我:

"有什么可焦虑的呢?

只要保存下

一支火镰,

就保存了

光明的种子!"

1942 年 10 月 8 日

神仙山随笔

我跳到

摩天岭的大山顶上，
向着山脚下
蠢蠢移动着的敌人，
投下一个轻蔑的嘲笑：

"喂！
你来自东海外的客人，
请登上这神仙山顶吧，
这里为你准备着
成堆的手榴弹哩！"

我跳到
深渊似的大山沟里，
向着那刚刚爬到山顶上
蠢蠢移动着的敌人，
开一个小小的玩笑：

"喂！
你来自东海外的客人，
请光临这神仙山的沟底吧，
这里为你准备下机关枪哩！"

晋察冀的大山呵，
有了你，
用石头块子
也能打退敌人的进攻。

晋察冀的大山呵,
你是游击队的家乡!
你是日本鬼子的坟墓!

1942 年 10 月

我爱我的枪

我爱我的枪,枪身明又亮,
我爱我的枪,枪在我身旁,
我的枪睡在我床上,
我的枪同我上战场。
枪啊枪,我把子弹装在你胸膛,
枪啊枪,你要瞄准敌人的方向。

1943 年初

石长章

歌　　手

——悼念我们的政治指导员赵烈同志

一

两个多月来，
我们没唱一支新歌了。

搬来一个新地方，
石头的颜色，河水的声音，
都跟以前不同了，
是新的环境了，
还不该唱支新歌吗？
——我们的歌手呢？

我们不能不唱歌。
我们只好唱旧的歌了。
反反复复地唱着旧的歌，
那是你教给我们的歌。

不知怎么的，
旧的歌里老带着旧的光景，
一唱，
旧光景就浮在眼前，
那么真切：

我们唱着《麦收谣》，

端午节前，

早晨，挥舞镰刀，

帮老乡收割麦子；

傍晚，到苇塘去，

劈下青青的苇叶，

包香甜的粽子。

是在冬季的黎明，

星星还未落尽，

我们爬上山头，

高声唱《太行山上》，

召唤万山丛中涌出血红的太阳。

春天，

我们唱《村边杨柳》，

快乐的小河，

从我们开垦的菜畦旁边跑过，

我们浇水，

栽培那突出土壤的绿芽。

也唱着《红色的五月》，

进入紧张的战斗，

三个同志英勇负伤，

一个壮烈地死去，

我们忍着眼泪，

把他埋在大山底下!

是阴雨的夏天,
在泥泞的小院中,
我们唱《野场惨案》,
悲愤地,
一连唱过几个沉重的黄昏。

忘不了的,是你编制的歌,
我们自己的歌,
工人们劳动生活的歌。
我们唱着,
像沉酣于炮火的战士,
我们沉酣于突击的工作里。

就是这次反"扫荡"中,
从秋到冬,
在山里转战,在山里劳动的时候,
我们也并未沉寂,
望着远处的烟火,
你教我们唱战斗的歌。

跟着你的歌,
我们多实在、多快乐、多有劲地生活着呵!

二

昨天,黄昏时分,

我们散落在院子里,

我们又唱歌了。

一个起头,

接着,大家都放开了喉咙。

感情像一条无尽的河,

在黄昏的深谷里流泻。

我们唱着,

如同小孩温诵他的旧课,

一支接着一支。

当我们唱到《光荣牺牲》的时候,

(你说这是列宁顶喜欢的歌子。)

我们的心里涌出一种说不出的滋味。

这支歌,

原是为了悼念雷烨,

你教给我们的;

现在我们唱起来,

竟是歌悼你——我们的歌手了!

三

这几天,

我们乱乱嘈嘈地忙着。

像战地的农民,

经过一番战乱,

重整自己的犁锄;

也如卫国的勇士,
在战争之前,
磨洗冲锋陷阵的刀枪。
我们整理着机器和零乱的书册。
就要开工了。

是的,就要开工了,
为了新的起点,
还不该唱支新歌吗?
——我们的歌手呢?

再回来教教我们唱歌吧!
歌唱勇敢的战斗,
歌唱勇敢的牺牲,
歌唱控诉和复仇,
歌唱英雄,
歌唱大生产,
歌唱神圣的劳动……
另外,
再教我们一支更好的歌,
能把死人唱活的歌,
我们一定唱起来,
大声地唱起来。
唱着,唱着,
你,同我们那些好伙伴,
便从遥远的山那边,

从苍黑的岩石中间起来,
起来,抖去身上的泥土,
带着光荣的伤疤,
高高兴兴地走回来。
走回来呵,
我们在一起,
紧挽着臂,
纵情地唱胜利之歌,
唱1944年新的战歌……

然而不能了!
你实在是死了!
在柏崖的战斗里,
你流着殷红的血,
倒在胭脂河边苍黑的岩石上。
野蛮的敌人杀死了我们的歌手!
亲爱的歌手!

好些同志都看见,
你倒下了,
手里还握着一块包枪的红布。
如此美丽的红布!
跟你青春的生命一样美丽,
跟你洒在岩石上的血花一样美丽,
跟我们高举的红旗一样美丽,
它是,

勇敢的共产党员的
战斗的标帜。

我们想唱一支红旗之歌,
美丽的红旗之歌呵!
唱给我们的歌手。

1944年2月洞子沟

背 粮 夜

山月飞散着光彩,
河水唱着进军的歌,
我们背着沉沉的粮袋回来。

这沉沉的粮袋,
是烟耕火种的收获呵!
在战争的空隙里,
我们的农民,
放下枪杆把锄拿。
一棵棵地榜,
一穗穗地收,
一粒粒地打。
粮食呵,
饱和着人民的四季辛劳,

自由独立的希望，

对子弟兵的牵挂。

山月飞散着光彩，

河水唱着进军的歌，

我们背着沉沉的粮袋回来。

这沉沉的粮袋，

是千军万马的口粮呵！

我们吃饱了，

生命的火把，

熊熊燃烧。

我们勇敢地战斗，

我们热情地劳动，

我们拼命地工作，

如同强壮的战马，

驮着祖国的命运，

冒着风沙与炮火，

在美丽的疆土上奔波。

山月飞散着光彩，

河水唱着进军的歌，

我们背着沉沉的粮袋回来。

这沉沉的粮袋，

是大生产的好种子呵！

我们在山坡上，

开出荒地，撒下种子，

一场春雨，满眼青绿。

风吹着它长，

日晒着它长，

雨淋着它长。

青翠的山泛起黄金的浪，

农民的种子，

战士的汗珠，

丰收带来了无穷力量。

山月飞散光彩，

河水唱着进军的歌，

我们背着沉沉的粮袋回来。

汪汪汪，看羊的大黑狗叫起来了；

红艳艳，村里的灯火闪在眼前了；

轧轧轧，机器的声音响在耳边了。

我们的山村没有睡，

我们的夜班正在工作，

我们的脚步忽然又轻捷。

1944 年

选自《栽柳集》解放军文艺社 1960 年版

商展思

战地恋歌

——一个新战士的日记摘抄

爱

我爱听
她浇地时清脆的歌声,
我爱看
她埋雷时贯注的神情,
可我更了解,
她那双闪射倔强光芒的
黑乎乎的眼睛,
得怎样响当当的人品,
才配当
她这样姑娘的爱人?

约

挤出报名参军处,
她一掠散发,
刘海里落下汗珠。

新月的微光,
菜花的香气,
迟缓的脚步……

到了岔路口,

她仍紧攥我的手，
低声嘱咐：

"记住乡亲们的仇
死也等着你
婚期订在胜利后……"

话

行军路过家门
蓦然和她相遇！
一肚子的话语，
拥挤在喉咙里：

我们就近打了个
怎样漂亮的伏击，
我在这次战斗里
得到了怎样的评语……

可一见门头上的劳模匾，
不由得一阵子惊喜！
涌到口边的话语
消融在她含笑的目光里：

忽觉得这次胜利还不够大，
不如和下次归总在一起，
连里像我这号人太多，

值不得单独地提……

梦

我梦见她
扛着高巍巍的军鞋捆,
板着嫣红的脸责问:
"怎么还没入党?
也不给我来信?……"

我忙给她
擦拭额头的汗,
凑在耳边压低声音:
"刚填了入党志愿书,
怎么好马上写信?……"

信

我读着
她鼓励我的话语,
心眼里乐滋滋的;
但读下去,
信里就出现了"大石块",
压得人透不过气:

她自己
才真是一日千里呢:
当选劳动模范,

担任支部书记；

话讲得有条理，

字写得多秀气！……

可我怎样和她说呢？

虽说在连里，

经常受到奖励，

起码不能算是个落后的，

可那一点点成绩，

怎好拿出来和她比？

1939年于冀中120师

雨 夜 急 袭

急雨在头上倾泻！

滚雷在低空轰鸣！

我们握紧实弹的枪，

迎着撕碎夜空的电闪——前进！

飞涨的河水呵——浪涛滚滚！

深陷的淤泥呵——咬住足胫！

我们一个紧跟着一个，

截断怒吼的河流——前进！

崎岖的山路——油一样的溜滑！

穿空的山峰——剑一样的险峻！

随着一声冲锋的号令，

刀山呵——也要把它踏平！

1939 年于冀中安国县 120 师政治部

野　哨

披着灰色的被子，

腋下紧挟着枪，

在乌黑的松树林边，

在覆着银霜的草地上，

迎着刺骨的寒风，

你好像只矫健的苍鹰，

紧合着两扇翅膀，

张着闪烁的眼睛，

向前方打量，打量……

东天边涌现出

一轮鲜红的太阳：

闪耀着你枪上的银霜，

闪耀着你被子上的银霜。

你会意地微笑了，

脚步轻轻地踏着，踏着……

低声哼起来：

"红日照遍了东方……"

1939年11月于冀中平原

试 军 鞋

军鞋堆成山，

军鞋铺成滩，

战士欢欣细挑拣——

手上量量看，

脚下试试看。

千行针，

万缕线，

针针线线密层层，

针针线线花纹满。

母亲们——

一根线香地下燃，

老眼随着锭子转；

纺车嗡嗡欢声唱，

唱得红日出东山。

嫂嫂们——

油灯昏黄小屋暗,
飞梭横穿千条线;
咔哒咔哒咔哒哒,
头昏耳聋布滴汗。

妻子们——
炎天树下坐成圈,
大小深浅鞋样全;
千层底纳得嗤啦响,
任凭娃娃尘土里钻。

姐妹们——
心灵手巧字墨好,
画得活灵写得鲜。
画的是——
挺枪挥锄镰,
夫妻双模范;
英雄飞马上前线,
红花灿烂笑胸前……
写的是——
相持阶段苦,
英雄斧劈山!
保家卫国万世业,
杀敌雪恨英雄胆!……

军鞋堆成山,

军鞋铺成滩,

战士穿鞋笑开颜——

纵情欢蹦跳,

一步要登天!

1940年夏于冀中军区七分区

漂亮的伏击（传单诗）

老乡,报告你一个好消息:

我们的子弟兵,

昨日夜里,

在定县南宣村边,

打了个漂亮的伏击!

这一仗,

你知道打得多解气:

鬼子的军用列车

中了咱们的地雷,

火车头蹦起来了!

躺在路边长出气;

押车的鬼子,

被我们打得叽哇喊叫的,

一个个舒胳膊伸腿;

剩下了三几个,

跌得昏头转向，
滚回到王八窝里。

敌车上，车厢里，
这样多的新式武器：
大炮高高地扬着脖子，
歪把子、三八大盖，
都是蓝灿灿的，
包装得整整齐齐！
鬼子可真懂得中国人情哪，
在年根底下，
规规矩矩，
送来了这样一份珍贵的"年礼"。

我们可有些"对不起"：
收下了整份的"年礼"，
也没说声"谢谢"，
就拼命地背哟！扛哟！
推推拉拉哟！
不管他三七二十一，
那些弄不走的笨家伙，
就把手榴弹塞到炮膛里，
一股烟，一股火，
空空！狂狂！
炸了个热闹的！

那样多的大米!

那样的罐头、咸鱼!

好几个村的老乡都来了,

活像赶大庙会的!

实在搬不完哪,

最后一把火,

烧了他个蛋打鸡飞!

缴获的胜利品,

大家想看看吗?

苏户村南边的打麦场上,

有个很大的展览会,

会场可热闹呢!

有小学生的秧歌舞,

还有分区剧社的话剧,

欢迎老乡们快去!

1940年12月于河北口头镇

私　　语

伤口火燎似的疼痛

我寒冷

我昏迷,

但却分明地记得:

那断断续续传到我耳边的

淳朴人们的私语。

一　母亲的话

狗娃，别动那粥！

那是用两张羊皮，

到沟里换的小米，

给你八路军叔叔熬的。

你叔叔的伤重呵！

伤口那么深，

都生了蛆；

这个侦察员可是好样的呵！

摸到鬼子住的院子里，

被打中了腿，

那么陡的坡，

黑摸着，

还爬了十八里。

你爹去了哨，

把他从深草坡里背回来，

只剩下了一口气；

现在虽说清醒点，

头还是烧得烫人，

两天一宿了

还没进一粒米。

唉！为了咱们受苦人，
遭这样大的难！
受这样大的罪！

锅里有南瓜、豆荚汤，
盛碗外边吃去吧！
脚步轻一些，
叔叔的伤口疼呵！
翻腾了一整宿，
现在才刚刚入睡。

二　大哥的话

同志，坡下响枪了，
爬在我背上吧；
我背你，
到崖上那个洞洞里去。

那个洞
是我坚壁东西的；
草很深，
坡很陡，
没人领着，
很难找到的。

想让狗娃在洞里
照管着你，

又怕他年岁太小，
沉不住气，
见到了鬼子
叽哇喊叫的。

同志，你睡吧，
天一黑，
我就给你送米汤来；
这是一小袋柿子面，
这是一小包核桃仁，
你那伤口，
等到夜里
我提开水来给你洗。

你那两颗手榴弹，
我拿着一颗吧；
我不走远，
就在你洞口对面
东坡上游击。

同志，好好睡吧！
就是有个万一，
也请你放心：
庄稼主做事
忘记不了天理良心的，
有我，

就有你。

三　丈夫的话

你脚小，
走动不灵便，
带着狗娃，
到梁那边去吧；
那边草深，
地方隐蔽。
我嘛，
你们别结记。

八路军同志在洞里，
我不能离开他去，
他要人照顾呵！
我们不能知恩不报，
光顾自己。

我伏在东坡上的草里；
万一鬼子搜坡，
搜到洞口那里，
我就在东坡上暴露目标，
来个调虎离山计，
把鬼子吸引过去。

担心我吗？

不要紧，别哭，
我还有颗手榴弹呢；
我生长在这座山上，
坡坡岭岭摸得很熟，
只要鬼子打不倒我，
他是转不赢我的。

四　大嫂的话

同志！同志！
你在哪里？
我是狗娃他娘，
给你送来了吃的，
还有一罐子开水。

伤口疼得好些吧？
先喝点水；
腿向洞口移移，
星星很亮，
我来给你洗。

你问：怎么让我来？
小晌午子，
你没听见响枪吗？
鬼子来搜坡，
快搜到你这个洞口啦，
你大哥东坡上一咋呼，

鬼子全回过身来，
呀呀地端着刺刀，
猛扑了过去！

你大哥扔了一颗手榴弹，
四五个鬼子滚下坡去了；
坡下鬼子一齐开枪，
伤了他的肚子和右腿。

他的腿肿了，
肚子直流血水，
躺在梁那边石洞洞里；
晚上他清醒了些，
老惦记着你，
让我来看你。

同志，再喝点水吧！
黑摸着爬坡，
跌了好几跤，
水洒得剩不多了；
再喝点吧
明天一整天呢……

五　孩子的话

叔叔！叔叔！
喝点粥吧！

我是狗娃,
妈让我来看你。
鬼子还在坡下呢,
把沟里的房子全点着了
站在梁上看,
这条沟火燎燎的!

有一件事,
妈不让我告诉你:
今天傍黑,
爹断了气,
妈眼都哭肿了,
却捂住我的嘴。

爹死了,
他死时,
拉着妈的手,
说:
"好好看养狗娃;
洞里那个同志
千万照愿好,
别让他受罪……"

他死时,
还摸着我的头,
说:

"长大吧！
要有志气，
跟鬼子拼到底！
向你八路军叔叔学习……"

妈不让我告诉你，
怕你知道了，
心里一难过，
身上又要添病。

妈让我来给你送粥；
她不能来了，
昨晚她送水
摔了好几跤，
脚面肿了老高呢。

叔叔！醒醒！
天快亮了，
快喝点粥吧，
这粥还热呢……

1941年于河北平山县反"扫荡"中

深 山 妇 女

汲水的少妇

少妇回来了——
从崖上的乱石丛中,
从山泉的根处;
她平稳而迅捷地
在陡峭的山路上走,
一手提着水罐,
一手托着背上的婴儿;
风敞开了
她补丁的衣襟,
裸露出两个
耸起的灰黑的乳头,
她满不经意地嚷着,
挤过集市喧闹的村口,
昂然地走向
丈夫战伤卧炕、
房顶结满大瓜的小茅屋。

管家婆

鸡叫头遍的时候,
管家婆摸索着——
簸着谷米,
洗着山药;
让小儿在炕上

滚爬着,哭嚷着……

她一下打燃艾绒,
徐徐吹着了灶火——
边烧着,边喂着小儿乳;
边烧着,边唤狗吃去炕上的粪便;
边烧着,边补着衣服,
边烧着,边开了鸡笼,喂了圈中的猪……

待丈夫挟起雷箱
走向破庙里的爆训班,
孩子们扛起红缨枪
参加打麦场上的操练,
她方用冷水和前襟洗了脸;
匆忙端起来
早已不冒热气的饭碗。

推碾子的小姑娘

踏着冻结的地,
踏着冷冷的月光,
你蓬头赤脚的小姑娘——
赶做伤员的慰问糕,
忙着一双
灰黑斑驳的小手,
顶推霜光闪烁的碾棍,
扫散碾盘上
珍藏经年的细粮;

紧掩在开花袄里的
矮小的身躯，
紧踩着地下的
矮小的身影，
旋转、旋转、旋转……
让寒风中咿咿唔唔的
炽热的坚忍歌声，
伴着远方隐隐的炮响，
唱到鸡啼月落，
唱到东方泛亮。

1942年冬于阜平神仙山燕子洞反"扫荡"中

榆 树 皮

同志，你先别忙，
咱们大伙儿评评：
这是不是小瞧我？

夜夜晚上，
山梁上风吼吼叫，
地都冻裂了！
同志们站岗回来，
冻得打哆嗦，
不该烤烤火？

不错：

这条山沟子

让日本鬼子糟蹋得太苦，

老百姓吃糠咽菜，

常常揭不开锅，

日子太难过；

也不错：

眼下又赶上春荒头，

那点榆树皮

是我翻了三道梁

来回六十里地

用两张羊皮换的，

轧一斗谷糠

才放上一小把。

可那同志是故意的吗？

半宿里站岗回来，

没个亮，黑摸着，

头都跌破了！

他愿意把我的榆树皮

当成柴火烤？

就算是故意的吧，

那又算得了什么？

人饿急啦，

石头块子都想吃；

人冻急啦，

再珍贵的物件也想烧。

你们硬要拿钱赔我，

咱们大伙说说：

这叫做什么？

你们给老百姓打鬼子，

风里雨里跑，

拼死拼活，

还紧着节约一两米，

给苦老百姓添补着。

人没有个人心哪？

我老汉就这样落后，是啵？！

清早我找桶打水，

从门缝子里

看见你们大伙围在炕上，

把那个同志

批评得满眼泪，

我心里可真难过！

要不是怕不对势，

我想想推门进去，

到你们会上去说说……

深山里的带路人

不知有多少条
孤零零、漫悠悠的小路,
像晴空中游丝,
隐现在大浪起伏的山岭。

刚落入谷底,
又盘上峰顶;
才伸入乱石丛中,
又钻进杂草幽深的老林……

平原子弟兵转战山岭,
夜行军辗转迷阵——
急爆异乡人的眼睛!
伤透侦察员的脑筋!

可是我们的带路人呵,
却像忠诚的时针——
不需寻觅和邀请,
早笑吟吟等候我们。

游击队到一个村,
带路人迎了上来——
腰间插着羊鞭,
吹着柳笛的放羊娃;

游击队到一个村,

带路人迎了上来——

肩上搭着旱烟管,

挎着粪筐的老汉;

游击队到一个村,

带路人迎了上来——

腰间掖着"独一撅"①,

腿肚子血管打疙瘩的民兵;

游击队到一个村,

带路人迎了上来——

迈着"解放式"② 的脚,

黑眼睛忽悠忽悠转的少妇,

她卷起裤管,

顶着羊肚子手巾……

他们——

熟悉万山丛中的羊肠道,

像老练的医生

熟悉肌肉间的动脉管;

他们——

熟悉浪涛汹涌的峰岭,

---

① 独一撅——只能发射一粒子弹的短小土枪。
② "解放式"的脚——老乡们称妇女放开了的小脚。

像勤劳的老大娘
熟悉她喂养的鸡群；

白天——
他们啃着硬干粮，
边走边指谈
沿途的地形和敌情，

黑夜——
他们摇晃艾火绳，
火星哔剥的山道上
响着"山岗子鞋"① 的沉音；

烈日下——
他们戴一顶破草帽，
黑黝黝的背上
汗流滚滚；

风雪中——
他们拢着树皮样的手，
紧掩着破羊皮或开花袄，
腰间系着草绳……

游击队紧跟着他们——
在雷电轰鸣的险峰上前进！

---

① "山岗子鞋"——山里老乡穿的底厚帮硬的布鞋。

在炮声震撼的山谷里前进!

在夜雾飞驰的悬崖上前进!……

看着他们阔步前进的姿影,

听着他们爽朗憨厚的笑声,

我不禁自豪地想起——

这就是我们晋察冀的人民!

1943 年秋于阜平牛兰村抗大二分校

野　菊

在晋察冀的山野,

它生活得——

最顽强,

最快乐,

最骄傲。

在蓝空如海的峰顶,

迎着飕飕的寒风,

你金星点点的花朵

向着晋察冀

雄劲起伏的峰峦的波涛,

发出欢笑;

在红叶如火的山坡,

披着闪烁的霜衣,

你金星点点的花朵

向着晋察冀

飞扬战斗歌声的村庄,

发出欢笑;

在子弹如雨的岭线,

透过弥漫的战火,

你金星点点的花朵

向着晋察冀

洋溢胜利欢欣的阵地,

发出欢笑。

你那深入泥土的

坚实的须根,

使我想起了,

我们战斗的党;

你那傲凌风霜的

苍劲的枝叶,

使我想起了,

我们英雄的人民;

你那热爱这战斗土地的

小小的朴素花朵,

使我想起了,
我们晋察冀的诗歌。

1943 年秋于涞源县磨子沟反"扫荡"中

陈辉

献诗——为伊甸园而歌

那是谁说
"北方是悲哀的"呢?

不!
我的晋察冀呵,
你的简陋的田园,
你的质朴的农村,
你的燃着战火的土地,
它比
天上的伊甸园,
还要美丽。

呵,你——
我们的新的伊甸园呀,
我为你高亢地歌唱。

我的晋察冀呵,
你是
在战火里
新生的土地,
你是我们新的农村。
每一条山谷里,
都闪烁着
毛泽东的光辉。

低矮的茅屋,
就是我们的殿堂。
生活——革命,
人民——上帝!

人民就是上帝!
而我的歌呀,
它将是
伊甸园门前守卫者的枪支。

我的歌呀,
你呵,
要更顽强有力地唱起。
虽然
我的歌呵,
是粗糙的,
而且没有光辉……

我的晋察冀呀,
也许吧,
我的歌声明天不幸停止,
我的生命
被敌人撕碎,
然而
我的血肉呵,
它将

化作芬芳的花朵
开在你的路上。
那花儿呀——
红的是忠贞,
黄的是纯洁,
白的是爱情,
绿的是幸福,
紫的是顽强。

过 东 庄

回来了哟,
东庄!
回来了哟,
我的第二个
年轻的故乡!

还记得吧:
我,
一个孩子,
随着七月的风暴,
来自祖国的南方。
我呵,
曾在你的身边,
眺望着北方的山岗,

曾在你的身边，
倾听着脂胭河的歌唱。

该斑驳了吧，
那矗立在阳光下的泥墙，
那曾经写过我的
仇恨的言语，
曾经贴过我的
浅酱色诗句的
古老的泥墙！

该苍老了吧，
你，挑着菜担，
背着锄头的老乡，
曾经用灼热的手，
抚摸过我病患的头；
你曾和我在月光下
谈起自由而胜利的红色的露西亚的禾场，
你倚在门前的老乡啊！

你，
还记得我吧：
春天的傍晚，
在溪畔洗过我的衣裳的
年轻的姑娘；
你应当记得，

我这个南方人,

曾经告诉过你,

在南方,

年轻的姑娘,

把敌人的头,

抛入了扬子江,

在一个没有星星的晚上。

回来了哟,

东庄

回来了哟,

故乡!

今天,我像一个流浪人,

(挑着自己的歌

踩过北方的沙砾)

不敢留心看你:

那被敌人烧毁了的茅屋,

那被敌人踏过了的黄土,

我怕这颗愤怒的心,

跳出我的胸膛!

我沉思着,

这年头的苦难;

沉思着,

总有那么一天,

把中国的灾难走完……

风呀,
在窗外叫响。

黄昏,
又张开了
黑色的胸膛。

1940年2月13日夜,写于浑源蔡沟

一个日本兵

一个日本兵,
死在晋察冀的土地上。

他的眼角,
凝结着紫色的血液,
凝结着泪水,
凝结着悲伤。

他的手,
无力地
按捺着,
被正义的枪弹,

射穿了的

年轻的胸膛。

两个农民,

背着锄头,

走过来,

把他埋在北中国的山岗上。

让异邦的黄土,

慰吻着他那农民的黄色的脸庞。

中国的雪啊,

飘落在他的墓上。

在这寂寞的夜晚,

在他那辽远的故乡,

有一个年老的妇人,

垂着稀疏的白发,

在怀念着她这个

远方战野上的儿郎……

1940年2月12日夜写

呈给五月的平原

五月的风呀,

你,你要把我吹到哪儿去啦?

五月的风呀,

这么快,我就到了平原呀!

你看,

我站在这里,

摇摇晃晃地,

哦,为什么

我的眼这么花,

我的头这么重呀?

哦,哦,我回到了平原,

回到了我的家哪。

你看,那没有边际的田野,

你看,那黄色的浪涛呀,

波动着,

不知流到哪儿去啦!

这不是我的家吗?

你看杨花飘落在村头,

杏花也红透了大路。

你看,你看,

平原上的人民,

都笑得咧开了嘴巴。

平原上的爸爸,

平原上的弟弟,

平原上的姐姐，

平原上的妈妈，

我真想抱一抱你们，

亲一亲你们呀！

真的，我想亲一亲你们，

亲一亲妈妈的嘴唇，

亲一亲姐姐的眼睛，

亲一亲爸爸的衣裳，

亲一亲弟弟的手掌，

就是村前那一口古井，

窗外那一根紫色的葡萄藤，

我也想问问他们呀，

问问他们，

哦，他们……他们好吧！

两年了，

你们含着泪战斗，

你们笑着脸响枪，

这广漠而沃饶的土地里，

有着

你们的血泪哟！

哦！哦！五月的风呀，

不要再吹了吧！

我已经到了平原，

回到了我的家呀。

你看，我走在大队人马的身旁，
你看，我采了一朵花，
你看，我背着这支枪，
歪歪倒倒地
走在大路上。
五月的森林呵，
向着我，
向着我们，
散发着树脂的芳香。

哦，哦，五月的风呀，
不要再吹了吧！
你不能静静地让我听听，
这平原的颤动的音响吗？
不要再吹了，
让我和五月的平原好好地谈谈吧！
我说……我说……
我说……平原，我的妈妈啊……
你这广大而沃饶的祖先的土地啊，
拿我的活血来润湿你……好么？……

1940 年 4 月 1 日，写于唐县鲁钢河

为祖国而歌

我,
埋怨
我不是一个琴师。

祖国呵,
因为
我是属于你的,
一个大手大脚的
劳动人民的儿子。

我深深地
深深地
爱你!

我呵,
却不能,
像高唱马赛曲的歌手一样,
在火热的阳光下,
在那巴黎公社战斗的街垒旁,
拨动六弦琴丝,
让它吐出
震动世界的,
人类的第一首
最美的歌曲,

作为我

对你的祝词。

我也不会

骑在牛背上,

弄着短笛。

也不会呵,

在八月的禾场上,

把竹箫举起,

轻轻地

轻轻地吹;

让箫声,

飘过泥墙,

落在河边的柳荫里。

然而,

当我抬起头来,

瞧见了你,

我的祖国的

那高蓝的天空,

那辽阔的原野,

那天边的白云

悠悠地飘过,

或是

那红色的小花,

笑眯眯地

从石缝里站起。

我的心啊,

多么兴奋,

有如我的家乡,

那苗族的女郎,

在明朗的八月之夜,

疯狂地跳在一个节拍上,

你搂着我的腰,

我吻着你的嘴,

而且唱:

——月儿呀,

亮光光……

我们的祖国呵,

我是属于你的,

一个紫黑色的

年轻的战士。

当我背起我的

那支陈旧的"老毛瑟",

从平原走过,

望见了

敌人的黑色的炮楼,

和那炮楼上

飘扬的血腥的红膏药旗,

我的血呵,

它激荡,

有如关外

那积雪深深的草原里,

大风暴似的,

急驰而来的,

祖国的健儿们的铁骑……

祖国呵,

你以爱情的乳浆,

养育了我;

而我,

也将以我的血肉,

守卫你啊!

也许明天,

我会倒下,

也许,

在砍杀之际,

敌人的枪尖,

戳穿了我的肚皮;

也许吧,

我将无言地死在绞架上,

或者被敌人

投进狗场。

看啊,

那凶恶的狼狗,

磨着牙尖，

眼里吐出

绿莹莹的光……

祖国呵，

在敌人的屠刀下，

我不会滴一滴眼泪，

我高笑，

因为呵，

我——

你的大手大脚的儿子，

你的守卫者，

他的生命，

给你留下了一首

无比崇高的"赞美词"。

我高歌，

祖国呵，

在埋着我的骨骼的黄土堆上，

也将有爱情的花儿生长。

1942年8月10日，初稿于八渡

麦草上的梦

一

麦草，
是温暖的。

麦草，
散发着浓郁的气息，
土地的气息，
妈妈的乳香般的气息呵！

我们，
这一班，
把枪架好；
躺在麦草上，
像孩子
躺在温暖的母亲的怀抱里；

忘记了一天的疲劳，
忘记了冀中的灰黄的路，
忘记了生硬的还没有煮熟的小米；
紧紧地闭起了眼，
睡……

二

麦草上，

我有梦了,

光明和含笑的梦呵!

一切都是光明的,

一切都在笑啊!

太阳,在笑,

月亮,在笑,

星星,在笑,

土地,在笑。

那个脸孔红红的,

老是含着微笑的,

教我们唱:

"老乡们,

老乡们,

打仗最好子弟兵……"

十八岁的女同志,

也在大声地笑呵!

人们,在笑,

房屋,在笑

锅台,在笑,

孩子,在笑。

太阳笑得滴下眼泪,

月亮笑得歪了脸子，

星星笑得跳在一起，

人们笑得抱着肚皮。

是谁，

在说话了：

"当心呵，

不要笑得

从地球的边缘，

跌到火星上去了。"

三

麦草，

是温暖的。

我醒来，

拭着眼睛，

从地上站起。

小红鼻子啊，

虽然

雪花已把你的雕花的马鞍冻结，

而你，

还那么兴奋地

打着喷嚏，

踢着铁蹄。

呵，我知道了，
你是因为
听见了：
明天黄昏，
我们的县委，
那脸色紫红
长着冬瓜似的脑袋的中年人，
在灰暗的灯光下，
含笑地对我说：
"东方红①呵，
带着那廿多个兄弟，
到平原里去……"

呵，我知道了，
是你因为
在渴望着：
久别了的田园，
那流着人民的苦泪的田园呀，
那曾以紫葡萄似的乳浆，
喂养过你的田园呀，
我和我的诗的田园呀，
那你曾经昂着头，
乘着东风，
闪起火星，
飞一样急驰过的田园呀！

---

① 作者陈辉的一个别名。

"东方红呵,

带着那廿多个兄弟

到平原里去……"

听见了吗?

我的诗呀,

你原是

中国农村的

那黑手黑脚

胸口堆着黑毛的铁匠手里的刀子,

你要去守卫我们的田园,

为了田园的苏醒呵!

你要

银光闪闪地

勇敢地刺过去!

让那撞进了我们田园的

淫荡地"哈哈"大笑着的

穿着短套铁刺靴子的敌人,

跌倒在我们的土地上!

1942 年 11 月 30 日,参加武工队的前夜写

夜,我们躺在大山岭上

一

没有星星,

没有月光,

没有被单,

没有草房,

夜,我们休歇在大山岭上。

真的,

我们太疲劳了。

我们,

停了脚步,

枕着石块,

闭上眼睛,

抱着钢枪,

我们呵,

在大山岭上躺下……

二

大山岭呵,

你不就像

我们的家吗?

你的山峰呀,

是我们的墙;

你的青色的大石板呀,

是我们的土炕。

七月的天空呵,

像我们的青色的纱帐。

大山岭呀,
真像
我们的母亲一样。
你的微风呵,
是妈妈的抚爱的手掌;
你的砂砾呀,
是妈妈的温暖的胸膛。

大山岭,
我们的妈妈呀,
呵,伸出你的手,
轻轻地摇吧!
让你的儿子,
太行山上的子弟兵呵,
好好地躺在
你的身上……

三

夜,
同志们,
鼾声呼呼地,
躺在大山岭上。
我们的鼾声,
很香甜,
很香……

1942年12月10日,于白草山之黄昏

六 月 谣

一 麦子，在笑哩

六月里，
麦子熟啦。

黄黄的天，
黄黄的土地，
黄黄的大麦粒，
在笑，
在笑哩！

哦，
爸爸呀，
妈妈呀，
大姑娘，
小娃娃，
都把镰拿过来吧！

大伙儿都动手，
快点儿割掉它，
多送些给军队，
不让鬼子抢走呀！

黄黄的天，

黄黄的土地，

黄黄的大麦粒，

在笑，

在笑哩！

二　这时候

这时候……

杏子顶红，

枣花顶香，

风儿顶大，

麦子顶黄。

炮声呵，

在叫，在响，

在河那边，

在平原上……

炮声呵，

在叫，在响，

炸毁了张三的破锅，

烧光了李四的草房。

这时候……

年轻的小伙子呵，

到军队里去吧！

用你那乌黑的大手，

背起这杆大枪。

呵!

趁着这时候……

这时候,

枣花顶香,

麦粒顶黄,

这时候呵,

大炮在响,

黑夜很亮……

年轻人,

来吧,

像火,

像枪。

死也要烧,

死也要响,

死啦,

也要保卫我们的土地呀!

6月10日写于平西,涞涿五龙安之夜

到柳沱去望望

平原的芦苇已经很高了,

平原的麦苗长得真壮。
小鸽儿啊，
你知不知道柳沱，
那个唐河岸边的村庄？

柳沱呵，
是我们的家呀，
柳沱啊，
有我们的妈妈呀，
柳沱给日本鬼子烧了，
在一个黑得墨一样的晚上。

哦，小鸽儿啊，
跟我去吧！
拍起你的黑灰色的翅膀。
小鸽儿啊，
跟我到惨死了的母亲身边去望望，
跟我到刺破了肚皮的姐姐的身边望望。

平原的芦苇已经很高了，
平原的麦苗长得真壮。
火车啊，从平原上驰过，
在五月的夜里悲凄地叫响。

哦，哦，小鸽儿啊，
一块儿去吧！
一块儿到唐河边，

洗一洗母亲那一身
被血染红的衣裳啊……

吹 箫 的

平原的黄昏，
有人吹起了箫。

吹的送别曲吗？
不，吹赞平原之夜呀！
送别不好……

箫声，
颤颤地，
落下来了，
落在柳荫里；
那个吹箫的，
跟大伙儿走了。

大伙儿，
背着土枪，
吹箫的
走在最前面。
在漆黑的道上，
吹箫的，
又吹起了口哨……

姑　　娘

三月的风，
吹着杏花。
杏花，
一瓣瓣地，
一瓣瓣地，
在飘，
在飘呀。

姑娘，
坐在井边，
转动了辘轳，
用眼睛，
向哥哥说话……

——哥哥，
哪儿去呀？
哥哥，
笑了一笑，
背着土枪，
跑向响炮的地方去了。

杏花，
飘在姑娘的脸上。
姑娘，
鼓着小嘴巴，

在想:
这一声
该是哥哥放的吧?

月 光 曲

一

月亮挂在天上,
星星眨着小眼睛,
像一群顽皮的小孩子,
挤在妈妈的身旁。

"妈妈,你看,
那是什么呀!
是不是一群红色的马队,
闪电似的奔驰在河岸上?"

"啊,孩子,
那是晋察冀的子弟兵。
他们呀,骑上太行山的骏马,
趁黑夜,去夺回失去的
祖国的城市和村庄。"

月亮挂在天上,
星星眨着小眼睛,

像一群顽皮的孩子,

向夜的晋察冀窥望。

二

马蹄嗒嗒地响,

马蹄呵,踏碎了月光,

马儿呵,饮着河水,

战士呵,掮起钢枪。

风儿呀,

你用力地吹吧!

把那甜蜜的、悲哀的好梦,

吹进敌人的堡垒和营房。

月儿呀,

你明亮地照吧!

让凶恶的法西斯野兽,

得意地狞笑在中国的土地上吧!

马蹄嗒嗒地响,

马蹄呵,踏碎了月光,

马儿呵,扬起了灰尘,

枪儿呵,纵情地歌唱。

三

小星星呵,

你听着,

枪儿在唱歌——
一支红色的
太行山上子弟兵的月夜之歌呵。

"月亮光光
挂在天上；
我们的红色的枪火，
射过晋察冀的山岗。"

"月儿圆圆，
挂在天边；
我们的白色的枪尖，
刺进了敌人的胸膛。"

小星星呵，
你听着，
枪儿在歌唱，
一支红色的撕毁敌人的歌呵。

四

月亮呀，
你看啊，
星星呀，
你看啊。

我们的红色的马队，
在妈妈河上疾飞，

马蹄呵,愉快地踏着浅浅的河水,
枪尖呵,胜利地闪着血红的光辉。

敌人的呜咽的血泪,
流进了妈妈河滚滚的波涛里,
泪儿呵,沉进了黄色的河底,
血儿呵,将灌溉中国的土地。

月儿呵,你笑,
星星呵,你笑,
用笑声去拥抱
钢铁的子弟兵哟……

祭 诗

英雄非无泪,
不洒敌人前。
男儿七尺躯,
愿为祖国捐。
英雄抛碧血,
化为红杜鹃。
丈夫一死耳,
羞杀狗汉奸。

司马军城

太行山的子弟兵

村头软软的沙路上,
有百个、千个……人走着。
头也不回地沉默地走着,走着……
仇恨重压着他们的生命呀!

你说他们是"兵"?
那为什么?——
几千年来土拨鼠样生活的
被侮辱的娘儿、大闺女,
那善良的老百姓,
现在都大胆地凝睛望着他们,
望着那行列里的每一个人,
他们是那样的面熟啊!
他们完全像亲人!
你说他们是兵?
是兵,
是兵。
他们是太行山上的子弟兵!
他们是太行山上的子弟兵!
他们是太行山上老百姓好样儿的后生。
他们生在太行山,
他们长在太行山,
他们战斗在太行山,
太行山与他们共同着祖国的命运!

太行山上他们歼灭着祖国的仇人！

——你看，那像哥哥也不？

大胆的闺女们挤攘着，

一只手指行列，

一只手拉着嫂子的衣袖筒；

——爸爸，娘啊！

小孩儿昂头叫唤母亲；

娘儿俩凝视着，没有言语，

老年人也在默默细眯着眼睛。

你说他们在数那有多少个，

那他们谁也没有这样的闲心。

他们不是在数？

那他们的眼睛又从没放过了一个人。

老百姓望着兵，

兵也望着老百姓。

这样，那没尾的行列继续前进……

谁敢说太行山脉能比上这行列的长远?!

这行列散开在太行山每一条山岭，

太行山便这样生长着

任何狂风也摧不毁的大森林。

行列没尾地继续前进……

突然，在老百姓面前，

行列里闪出来了政治战士朱民英。

听见这个职位的名称，

便可以想见其人，

那可不是说他有三头六臂，
或者铜筋铁骨枪弹穿不进；
也许说他曾经是个红军，
战斗，惊人的二万五的征程。
他只是赋予着这伟大的灵魂，
他是太行山上一个老百姓，
他是太行山上一个子弟兵。

朱民英走近了那些老百姓，
老百姓骚动了，
老百姓包围了朱民英。
老百姓用各样称呼向他呼唤着，
这里那里都在叫朱民英，
更有更亲切的只呼着民英，
朱民英忙碌地转动着头，
更忙碌地灼动着眼睛，
他答应了这边又忙把那边答应。
呵！这些声音呵！——数不清！
这些声音呵！
人们没有从音乐里听见过。
这些热爱的声音呵！
使朱民英自己也分不出
哪个是他的父母哪些是骨肉弟兄，
哪个娘儿是自己的女人。
说分不出可又分得清，
有个娘儿抱着的小孩，

哇啦哇啦，停身挥舞着双手，

哇啦哇啦，双手伸向朱民英，

朱民英自然地接抱了孩儿，

简单地望了望孩儿的母亲。

三个人都没有说话，

三个人的心跳动着，

相应着三个人的感情。

其他的人拥挤着，

争看朱民英。

争问朱民英。

不知道什么时候？

不知从哪里？

也不知什么人？

在朱民英面前

排下了红枣好几升，

排下了茶水好几盆。

朱民英没有那套绅士们的谦逊，

从行列里他拖出了一群伙伴，

也招呼坐下了所有的乡邻。

他们自然地享受着

这野餐式的寨宴，

那快乐的除夕全家人的团圆。

他们的谈话，

似一群奔放在草原的野马，

谈问着庄稼，谈问着家庭。

谈问着政府，

谈问着那一切从来未敢过问的事情，

老百姓感兴趣地问着他们，

在早晨和夜晚是怎去袭击日军。

这是多么好呵，什么都好呵！

只看得清那军服的绿色，

闻得出那白杨树的香气，

可不能分究竟哪是军队哪是人民，

(是的，军队人民原本一家人，

那只是从前恶棍压迫地把他们划分，

在他们间渗注下丑恶的感情。)

他们完全是一家人，

是祖国的一个新家庭。

太行山是他们的姓，

太行山是他们的名。

他们的母亲是晋察冀，

晋察冀，是他们的亲人，

他们对亲人无限地热爱。

老乡们，欢迎去！

老乡，老乡！

你看咱们的同志呀，

咱们那好样的儿郎，

一个个穿着汗湿的衣裳，

挺着胸，扛着枪，

从战场上下来了。

他们又打了一个大胜仗!

邻家的王福哥,

对门的李大嫂和张二娘,

咱们都欢迎去。

"你们辛苦啦,同志们!

我给你们洗了这几件衣裳。"

咱们要拿出所有的东西,

慰劳咱们的同志。

让咱们好样的儿郎,

吃得饱,长得更壮,

打起仗更有力量。

他们用性命换来了胜利,

就是用性命筑起了保护咱们的城墙。

1939 年

世界是我们的

祝福你——

你火中跳舞的姑娘,

祝福你——

你血里游泳的战士,

你们是很幸福的……

儿孙们将以羡慕的眼光，
来看望你们的年代；
以英雄的诗篇来赞美你们。

伸出你的手来！
时代给予我们的并不吝啬，
而是很多的恩惠。

但是，也有的人自杀了，
他们无声地低下了头颅！
（力量哪里去了？
连哭泣都没有声音；
要搭救你们，
也不可能了！）

有的人自杀了，
是在这样炎热的季节，
这样活生生的日子里。

世界在分裂着，
日子也在分裂着呀！
这是没有法子的……

我们总不能叫老鼠
学会生活的法则，
那见不得阳光的猫头鹰呀，蝙蝠呀……

一切胆小而卑怯的生物们,
都让它们死去好啦!

世界原也不是它们的……
叹息和眼泪,
我们——没有!

年轻的世界啊,
美好的日子啊,
你也"不要悲哀,不要愤慨,
就是太阳也有污点"。

没有了他们,
我们的队伍
将更加鲜明。

而从地狱里
救起你们来,
那是我们的事!

世界——你是我们的呀!
日子——你是我们的呀!

啊,日子——我们茁壮的马儿,
驮着我们,
到世界去吧,

到丰富美丽的我们故乡去呀!

我们的马儿呵,

你飞奔吧,

你跳跃吧,

我们——不会摔下来,

我们的力气比天还大,

是死也摔不下来的!

1941 年 5 月 20 日雁北

我们的宣言

我们写诗,

我们不是在写"诗"!

而是愿意——

在我们生命的奔流里,

拼流出鲜红的血;

我们面对着千百万的伙伴

——人类解放的战士,

我们伸出了双手:

"同志,饮一杯吧!

今宵是一个长夜的战斗!"

我们在队伍里,

和大炮、机关枪站在一起,

我们将鲜血洒向前面:
"同志,放射吧!
对准那鲜血洒向的地方!"
我们写诗,
难道我们这是在写"诗"!

1941年5月20日雁北

林采

破　　路

夜

同死人的梦一样地凄凉

眼前现出了平原的影

忻县的妇女自卫队在行进

四五十个人

四五十颗激越的心

像被扼制着的山间的细流

没有一点声音

村狗的吠声

叫颤满天的疏星

枯秃的树枝

扯碎大风的衣襟

命令从前面传到后面

像六月的蚊虫飞过草边

"注意呵

铁路近了。"

心脏犹如羯鼓

眼睛像要冒火

呵，李明嫂实在有点害怕

敌人来了怎么办呀

李明嫂
她想偷偷地跑回去
但她似乎又不敢
她终于被奔流着的队伍挟向前去

同蒲路
像一条灰色的扁担蛇
沉睡在原野上
袒开闪光的胸膛

队伍突然停住
像水流被大闸遏止
人们四散开来
像太阳抓去了黑色的影子

铁锹，锄头
插入轨下的枕木
铁轨
发出一两声蹦跳的呻吟
锯子，斧子
截断了电线杆子
电线杆子沿着肩膀落下
没有一点声音……

一群人
拖着长长的影

四散在同蒲路上
像枯枝在狂风里飞舞

月亮用银色的手
在每个人的脸上涂满了兴奋
你看李明嫂
又挖开一根铁条

李明嫂的心里
敌人早已跑了
汗珠从她的额上跳出来
她又把铁锹插入枕木……

同蒲路
简直像一张软软的蛇皮
那样地
被截去了半里

队长下命令要回去
李明嫂
拼命地把铁锹往上一挠
"让我们掘开这一条。"

一根一根的铁轨
好像一节一节的肠子
系上一条一条的绳子

抬上一张一张的肩膀

电线，一圈一圈地
套上头颈
电线杆，一支一支地
扎上肩膀……

忻县妇女自卫队
冬青树一样的行列
像一阵风
离开了同蒲路

夜
像燃烧着的处女的爱情
脚步的声音
惊醒了胆小的森林

1940年2月25日砖庙夜

原载《文学月报》1940年6月15日第一卷第六期

黎　　明

金色的阳光，
泛滥草原；
黎明的河流，

向着我们滚来。

我们的无敌的马刀,
照射出万道金光;
我们的高亢的歌,
在广阔的平原上飘荡。

归来了,
归来了,
从那个敌人占据的城,
从那个黑夜封锁的城。

黑夜里,
我们去袭击敌人,
在黎明以前,
把敌人消灭在黑夜的城。

我们的马儿衔枚,
我们的人儿塞声,
只有星星知道,
我们接近了城门……

看我们的马呵,
嗨,我们的马!
马蹄抛起尘土飞扬,
奔驰在广阔的路上。

日本强盗的血,
染红了我的白马,
——桃花驹!
桃花驹!
我的心里充满胜利的欢欣。

山头呵,
退去;
森林呵,
退去;
村庄呵,
退去……

我们的马,
瀑布一样倾泻;
我们的马,
河流一样奔腾。

山谷的风哟,
青青的麦浪哟,
翻滚着波涛的江河,
岗峦起伏的群山哟……
请拍合着马的飞奔的蹄声,
拍合着我们跳跃的心,
唱一曲,
唱一曲胜利的凯歌。

山里的青年哟,

我们又回来了,

来吧,都来到这槐荫底下,

我来给你们讲战斗的故事……

不必用羡慕的眼光看我,

青年呵,我们都是一样的。

也背起枪来吧,

明天,当我们渴望着的,

另一次战斗到来的时候,

我们要一同走上战场……

1940 年 4 月 7 日

副排长郭保德的葬歌

呵,这屋里多么黑,

这盏灯火像一颗黄豆,

摇摇的只是发颤;

我的老眼昏花,

看不清你的脸,

我只是摸着,

洗着你遍身的血迹,

一遍又一遍地

要洗尽你遍身的血迹。

你是一个好汉,
你是一个青年小伙,
你结实得像石头,
你胆大好比出山的猛虎;
你打死了鬼子,
你被鬼子打死了,
你是为我们死的,
我们记得你的好处。

虽然你不是我的儿子,
我也不知道你的家乡姓氏,
也不知道你的名字;
但是像我一样,
你总有个母亲,
像我一样,
她爱她的儿子,
我爱我的儿子,
我更爱你。

我给你洗着尸身,
我的手指发颤,
我的老泪落下,
不知什么缘故,
我的心里这样难过。

我把你的血衣脱下,

换上我儿子的一套新衣；
我把你洗得干净，
好让你在九泉安宁；
我把我的松木棺材给你，
这是四年前我给自己做的，
那上面的油漆乌黑发亮，
不怕潮湿也不怕阳光。

我要把你葬在
我家的坟地里，
躺在我的亲族的中间，
在那棵长青的松树的下面；
我也把你当作我的亲族，
给你烧纸，
给你上坟；
你就安静地在那里睡着吧，
你是不会孤单的；
恰像在母亲的怀里，
你就安静地睡吧。

啊，这屋里多么黑，
这盏灯火像一颗黄豆，
摇摇的只是发颤；
我的老眼昏花，
看不清你的脸，
我也不知道你的家乡姓氏；

但是我又何必要知道你的家乡姓氏；

你是一个八路军，

八路军就是你的名字；

我把你埋在

我家的坟地里，

我的子孙要永远记着你……

1944 年 4 月 9 日迁安

附记：这是滦县井离庄战斗中的故事。当我们的副排长郭保德同志牺牲后，该村一个七十多岁的老大娘就如上述地埋葬了他。

蔡其矫

乡　土

一条白色的无尽的道路,
一个衰弱的老人独自走着。

他的脸上染着很厚的灰尘,
胡须全发白,两眼陷得很深。

他是乞丐吗? 他手上没有拐杖;
他是卖艺人吗? 他背上没有行囊。

已经黄昏了,他走到一个村庄,
就在第一个见到的人家要求借宿。

主人出来问:"你是做什么营生?
为什么这样大的年纪还在外头奔跑?"
老人听了,两眼泪如雨下,
用衣袖擦着泪,极其悲苦地回答:

"我是一个不会写不会算的庄稼人,
五十年啦,五十年日子都过得不太平;

"自从来了共产党,来了八路军,
穷人苦难的日子才第一遭有了个指望。

"我想我老汉可以再活几年看看新世道,
哪里知道平地里又起了不测的风波!

"八月中秋可恨的鬼子进攻咱们边区,
在山沟里把我们全家都捉住了;

"有好多好多的人呀都用汽车载着,
哭哭啼啼被强迫离开了乡里。

"到了保定府,我的老伴和闺女被分散了,
我和我带病的孩子被派去做苦力;

"只做了三天,孩子辛劳病死,
我自己替他挖坟,把可怜的孩子埋葬;

"我想孩子死在异乡,多么冷落呀!
要是我,我一定要掀开坟墓叫老天!

"我不愿死在他乡,我想念生我的乡土,
我逃跑了,现在正走回乡的路!"

主人一听这悲惨的故事,脸色惨白地说:
"老人家,你歇吧,抗日的人民都是一家!"

整夜里,老人发冷又发烧,
还净在嚷叫着:"让我走,我要回家!"

他坏啦!身体瘫软地躺在炕上,
发着大汗,已经是衰微的气息。

主人安慰他："你宽心住几天吧,
好好地休息,我的家就像是你的家!"

"不!你要害我,我不能再等了,
不要留我,我要回家!我要回家!"

当大家没有防备的时候,他逃了出来,
天还没有亮,初冬的风刺骨似的寒冷。

老人挣扎着,逆着风向西疾走,
忍住胸头的咳嗽,气咽得眼泪直落。

从清晨到中午,从中午到黄昏,
他支持着,最后那可爱的故乡已经在望。

然而,艰难的山路已使他筋疲力竭了,
他脸色死白,周身骨头像点上了火!

脚已不中用了,他用手爬行,
故乡在黑暗中微笑,故乡在欢迎他!

渐渐,他爬上村边的堤岸,
突然,他颤抖着无力地倒下……

第二天,人们发现他死在当路,
两只冰冷的手还握着两把泥土。

1941 年

风雪之夜

万代千秋的长城啊!

风在怒号,雪在狂飘;

树木被吹倒,道路被阻塞,

受难的中国在风雪里困苦地呼吸。

风呀!你是要打倒敌人还是要摧毁田园?

雪呀!你是要孕育丰年还是要带来灾难?

寒冷到了最后,黑夜到了尽头,

中国呀!你在胜利的面前站立起来!

1943 年

湖光照眼的苏木海边

湖光照眼的苏木海边,

走着八个年轻的士兵,

戴着火焰般的狐皮帽,

浑身闪射着健康、快乐和青春。

他们是偶然掉了队,又偶然遇在一起,

现在自动结成小队朝前进。

他们时时爆发出笑声,使停落的鸽群惊飞,

这粗犷的笑声,是山里游击队员的本色.

他们朝前去,寻找正在作战的队伍,

在寂静的草原上，在湖光照眼的苏木海边。

1946 年

兵车在急雨中前进

兵车在急雨中前进，

飘扬起士兵的歌声，

这歌声是勇敢的战约，神圣的誓言，

这歌声是人民的呼唤，家乡的祝福，

是自由与正义的声音！

为人民去战斗，一切人都成大勇者！

兵车在急驰，带着歌声向前去，

头上是低垂的云雾，

脚下是怒潮似的轮声，

汽笛便是万众的欢呼，

草舍、山丘、牧野一齐回应，

轮声、笛声、歌声笼罩四野，

人民的大军在前进！

1946 年

炮　　队

中午，演习回来的炮队经过街上，

炮车的巨轮发出隆隆的声音，

马渗出汗渍扬蹄前进；

炮座上坐着满身灰尘的士兵，

他们的脸棕黑，他们的手发亮；

他们是在抗战中立过功劳的人们，

现在还站在岗位上为人民保卫和平；

他们是中国人民的骄傲，

他们是轮中之轴，他们是眼中之珠；

他们过去了，群众以爱的目光远送，

旗帜还在飘扬，轮声还在震响，

而在这一切的上面，那光辉的太阳，

给城市、炮队、群众投下了万道金光。

1946年，张家口

哀　　葬

一

今天我们要安葬亲爱的县长，

亲爱的县长他做了光荣的牺牲，

他给我们留下一个勇敢的榜样，

他就此结束了露天下英雄的事业。

从数十里外，那些哀伤的人民

带着悲伤的脸容，自动集合起来，

成群地跋涉在静寂的旷野里，

沉重的云块低低地垂下……

在预定的地点，有人正在挖墓穴，

大粒的汗珠挂在脸上，

又沿着深深的皱纹滴落。

我们没有丰裕的礼物祭奠你呀！

没有酒菜，没有香烛，没有盛大的典仪；

我们的心，只长记忆你斗争的意志。

二

你是我们第一任的人民县长，

在那艰难困苦的日子里，

你不停地工作与斗争。

你说："我们的棉花不能卖给敌人！"

于是在那偏僻的地带，

纺织工厂就在地窖内开起工来。

你又说："武装保卫我们的粮食！"

那时，麦穗在四境织成宽阔的海洋，

你来了，身上穿着布衣裳，

黄昏的时候召集我们讲话，而晚上

你和我们一道躺在繁星的露天下，

你瞅望着蓝色的夜雾

和静谧的麦海，

低声地和我们话家常。

而我们一夜全睡不着,

这日子也真令人太容易兴奋啦!

今年,又是麦穗黄熟的时节,

为了检查工作你来杨家庄开会。

杨家庄离城五里,那是危险地带,

"青抗先"早有布防,用忠诚的心保卫你。

但在今日,却也有人反对你,

杨家庄是隐藏有反叛的心呀!

当你开会开到末了,

杨家庄已被敌兵包围,

"青抗先"来不及抵抗,枪声已到街前,

人们冲到门口,刺刀已直指胸膛,

在屋里的人都做了俘虏,

一个佛教会的家伙指着你说:

"这是县长!"

敌人捕获了你,他多快活呀!

这比什么都好,比打一次胜仗,

比占一个村镇,比抢千担粮食都好!

他想降服你,收买你,

作为他统治广大地域的手臂。

像蜂蜜似的是那罪恶的诱惑,

像黄金般灿烂是那成串的允许,

然而你,我们敬爱的县长,

你，正直地

发出冷笑和斥责，表现不屈民族的尊严。

我们为你的正气和坚贞而鼓舞；

我们把你比作那抗拒元兵的

临死高歌的伟大的文天祥。

敌人一切诱惑失败后，

就拿出最下流，最无耻的计策；

一个妓女，"皇军"最可靠的女人，

在敌人指派下来到你面前。

啊，我们敬爱的县长！

你从容地接见了她。

你是我们所最信服的演说家，

你用你的智慧，用你的声音，

说服了多少诚实的心呀！

现在，你对着这被拨弄的女人，

说服她，用同情与崇高的、宽大的精神！

啊，这可怜的妇女，

过着的是被侮辱被蹂躏的日子，

人类的自尊对于她无知的头脑，

正像千里外的亲人那样从不来访。

而现在，她在你面前哭了！

在你面前，她了解做人的意义。

当天夜里，她逃跑了，

依照你的指示，她一直投奔我妇救会。

当我们从她的诉说中

知道你的精神和你的意志,

我们是更加激动了,

我们要救出我们的县长,

我们需要你——正直而勇敢的县长呀!

第二天,敌人慌张了,

到处找不见那可靠的女人,

一切诱降的梦破灭了,

立即撕下他虚伪的面幕。

用大队的武装把你押走。

穿过那颓败的房屋和狭小的街道,

无数的人站在路边,

你向他们诉说,你向他们呼吁,

于是无数沉重的脚步跟着你……

在那城墙下,已经新挖了一个坑,

你就被推到坑头上。

这时,城门口出来一个骑马的人,

一个伪县长,挂着一副哭丧的脸,

卑微地弯下腰来,对你说:

"你投降吧,我给你最后的机会。"

你恼怒了。

你高声大喊:

"中国人不当亡国奴!"

你把眼睛扫向远远的人群。
突然，有一个声音从人群中发出：
"县长！你的话我们听到了！"
人群里到处起了骚乱，
"皇军"赫赫地包围了人群，
枪声尖锐地刺痛着人心……

啊啊！你牺牲了！
像雷声一样，这消息传遍所有的乡村，
所有的人都在愤恨，
所有的人按不住悲痛的心，
简单的演说，最大的哀情，
所有的乡村全像暴风雨中
悲号叫嚣的被鞭打的树林！

晚上，没有星星，没有月亮。
我们带着枪、带着镢头，
风驰电掣地来到城边，
一队人爬上城墙猛烈地袭击，
一队人小心地挖掘你的坟墓，
小心地抬起你的身体，
向来的道路奔驰，
向无边的黑夜奔驰，
草木全在滴泪。

三

亲爱的县长,我们还不能更好地安葬你,
一口棺木,一堆黄土,一块白石的墓碑,
在你墓前,两千民众聚集着,
静默地站立在茫茫的旷野里……

1941年,晋察冀

孙犁

儿童团长

白杨的叶子黄了。

柿子黄了。

天空,

到了傍晚,

接近山头、

接近树林的地方,

也染黄了。

百花湾的儿童团团长——

小金子,一个十三岁的孩子,

从山根里的茅房里走出来,

站在村口,

转一下眼,

唉咳一声,

像大将从戏台的"出将"门走出来一样。

小金子,

不是装神气,

他是想起了"工作"。

"工作",

对于他是这样严重。

于是就要——

转一下眼,

唉咳一声了。

他向东走去，

走到小拐五的家里去。

他向门里喊：

"小拐五！

今天该你站岗，

吃过晚饭就去，

在梨花沟山头上。"

里面回答了：

"小金子呵，

小拐五的腿脚别扭呵，

要走那么远山道。"

是小拐五的妈说话。

"三大妈呵，

要不是他的脚别扭，

像他这么大，

早该提出去，

抬架伤兵了！"

小金子要走了。

他要去找老头队交涉！

小拐五送信不行，

老头队要派一个能干些的，

配合一下呢！

可是他走了几步，

又回来站在门口：

"三大妈呵!
天气冷了,
在夜里更不行;
叫小拐五带些衣裳呵!"
说完了,
他才走向南坡去。

夜半了,
山风呼啸着。
天空,
没有星星没有月。
只有闪电,
在东面山顶,
响来了一声雷。

小金子,
又从那山根下的尖顶茅房里走出来,
头上罩着那祖传的大草帽,
卷起了裤管,
赤着双小脚。

他开始爬上山道。
他要去查一查岗哨。
"在雨天
小拐五,
会溜走吧?

而且,

把他滑到山涧里去,

那才糟糕!"

他走上半山腰。

寒风吹来,

他打了一个寒战;

他把草帽拉紧,

不叫它翻落了,

他吹了一声口哨。

他翻过一个大山头,

他走到那个顶深顶阴暗的山沟。

在白天,

他在这里常看见绿蛇。

老人传说:

这沟里惯出妖精。

他又用力,

拉一拉草帽,

再吹一声口哨,

他心里有些跳。

又是一个闪,

照见,

沟里有许多黑影;

又是一声雷,

好像要把沟里的妖精击碎。

小金子，

闭上一会儿眼，

身上紧接着来了几阵寒战。

但是一个想念，

像一条火绳，

闪耀在他眼前，

"我是在抗日呵！"

"我是在抗日呵！"

小金子

握住了降妖精的法器。

"怕什么鬼呢？

你怕日本鬼么？"

他自己和自己，

小声开着玩笑，

前进了。

他加速地前进，

忘记了雷，

忘记了闪，

忘记了打寒战，

忘记了跌跤，

忘记了脚被石子刺破了……

在离岗位

十几步的地方，

他定住了。

天黑的怪,

见不着小拐五。

他又向前走了。

一块石头

被他蹬下去——

"呼啦!"

突然,

"谁!啊!"

小金子想:

"和小拐五开个玩笑吧。"

他不答应。

又把脚旁的一块石头蹬下去,

"呼啦……"

"谁?"小拐五怒叫了。

"不说话我要开枪了!"

小金子暗暗笑。

"这小子也学会吹牛。

开枪,

开你娘的鸟枪。

可是,

鸟枪你也没有呵!"

然而,

小金子说话了:

"是我。

我是小金子。

来查岗。"

小拐五,

跑上前来,

告诉他:

"老头队的送信到城南庄去了。"

小拐五,

拉他到一块大石底下。

这是个好地方,

可以看见三面,

可又叫雨淋不着。

小拐五告诉他:

今天夜里过了许多的受伤兄弟,

他们是攻下陈庄的英雄。

小拐五说:

"我到山下去慰劳他们,

我又高兴,我又伤心!

我高兴他们打死了八百个日本鬼,夺回了陈庄;

我伤心他们也受了伤。"

小金子高兴得猛地站起来,

可一下就碰到石头上。

他说:

"小拐五你冷不冷?"

小拐五说:

"夺回了陈庄我高兴得要出汗了。"

他俩都想大声笑笑,

但是想起了他们是在放哨。

春　耕　曲

说明——

二娃子去耕地了。

秀花儿牵出自家的小黄牛,

要帮忙二娃子,

因为他是抗日军人的儿子。

二娃子十岁,

秀花儿十岁,

小黄牛三岁。

二娃子唱:

秀花儿你看那柳叶儿黄,

你看那桃花红,

你听那村庄的锣鼓响叮咚。

秀花儿唱:

你看那擦亮的枪,

你看那新缝的绿军装
你听那山前嗒嗒的军号响。

小黄牛唱：
你看那背镐的汉，
你看那撒种的姑娘，
你听那空中燕儿的新歌唱。

秀花儿唱：
柳叶儿黄得像那新军衣，
桃花儿红的是那战士的脸儿笑嘻嘻！

二娃子唱：
秀花儿，你冬天灯下缝成新军衣，
春天帮我来耕地。
爹爹在前线感谢你，
我在家里最爱你！

秀花儿唱：
好看比不过那新军装，
明亮比不过那枪上的光，
好听比不过那军号响。
光荣无比的是上战场啊，
像你家爹爹那好模样！

二娃子唱：

天上没有云好天气,
地皮儿翻起多美丽,
肥肥的泥土儿像黑漆,
可以种谷也可以种稷。

秀花儿唱:
那米儿香,
那谷穗把头低;
那黍稷儿黄,
黄得像金沙一粒又一粒。

小黄牛唱:
给抗属耕地我有精神有力气,
我很光荣很神气;
我不吃娃子的草料,
我也不休息。
我看不惯那东庄懒婆娘,
整天价梳头打扮吊儿郎当,
去找些坏朋友把淡话讲,
不愿意下地也不肯下场!

三人合唱:
我们把力气埋在这好田地,
好田地长出绿的苗,
长的根,
金黄的米。

你看那天空亮,

你听那水流急,

那奔跑在山上的子弟兵,

那勤劳在地里的好男女。

我们把力气埋在这好田地,

好田地长出了绿的苗,

长的根,

金黄的米!

……

1941年2月

冀中抗战学院校歌

同学们,

莫忘记那火热的战场就在前方。

我们的弟兄们,正和敌人拼,奋勇不顾身。

记起那,大好的河山,被敌人强占,

烧毁的房屋,荒芜的田园;

记起那,曾被鞭打的双肩,曾被汗污的衣衫。

前方在战斗,家乡在期望,

我们要加紧学习,努力锻炼,

把刀枪擦亮,叫智慧放光。

我们要在烈火里成长,

要掀起复仇的巨浪!

我们要在烈火里成长,

要掀起复仇的巨浪!

1938 年 8 月

王炜

小 溪 之 歌

我,小溪,
再也不忧郁着脸,
躺在阴暗的山谷里,
伤心地哭泣。

我飞过陡峭的岩石,
跳跃在新开的水渠里,
唱着欢乐的歌调,
向布谷鸟飞鸣的田野奔去。

我把干渴的菜园饮足,
黄瓜就开放出金黄的花朵,
菜豆角也伸出了漫长的银须。

我把燥热的田地润湿,
麦子就翻滚起金色的波浪;
豌豆花也像对对蝴蝶儿翻飞。
我虽然是一条细细的溪流,
——一条新开的小渠,
我要把我青春的生命的汁液,
倾注进这亲爱的土地。

来啊!
我辛勤的劳动者,
让我伴着田野里的南风,
给你们唱一支丰收的小曲。

1941年5月于平山滚龙沟

胡可

减 租 小 唱

俺村里有个王老三,

养种着生古地二亩半,

浇三遍，锄三遍,

打下了粮食一石三哦,

租子掏了一石,

辛苦整整一年,

剩点子北瓜、豆角、萝卜、山药蛋,

糠面窝窝糊糊饭,

他一家大小半饥半饱格浅格浅一个冬天。

王老三，心盘算,

盘算着生活有困难,

盘算盘算要把租子二五减,

二五减，为哪般？

为的佃户吃饱饭,

吃饱饭，又为哪般？

为的是今年多生产,

多生产，为哪般？

为的是抗战不困难哪！

为的是抗战不困难！

王老三，心盘算,

自己的斗争要自己来干,

东家心眼窄,

舍不得减租把约来换,
政府的法令道得好:
多不过三七五,
超过可不沾哪!
种地的团结成一股劲儿,
减租运动大开展,
减租运动大开展。

叫声东家听我言,
减租生产为了抗战,
我来把这个租子交,
你来把那个租子减,
你的地,我的汗,
交租减租两情愿,
交租减租两情愿。

有了饭,大家吃,
有了事,大家干,
抗战胜利共享太平年,
抗战胜利共享太平年。

劳森

新的"捷克式"（工厂歌谣之一）

新的"捷克式"闪着寒光，
一批又一批地出厂；
当那个熟手，
把第一枪
打中试射表上，
晋察冀的天空便宣告了：
"这土地又生长了力量！"

新的"捷克式"闪着寒光，
看着它就像看到胜利的光芒；
当那个熟手，
把第一枪
打中试射表上，
同志们都哈哈大笑了：
"子弟兵搬来铁和钢，
我们便把新枪换上！"

1941 年

任宵

我还没有死

大春告诉说,
六只有毒的眼
盯在我的身上,
真叫人吓得
不敢动。

虎狼咆哮般地问着:
"谁是
大春?"
我闷着我的气儿,
不慌不忙地回答:
"我不知道。"

他们疯狗一样地扑来,
拔出那光亮的
刺刀,
架在我的脖子上:
"你
就是大春!
说出来!
不说,
带我们去找!"

我的脸没有变色,

我更沉着地
更坚定地说：
"我不是，
我也不知道
谁叫大春！
我是刚嫁的媳妇，
你们要挑了，
我不过白死！"

敌人凶恶地来了，
又凶恶地回去。
我斗争！
我胜利！
我还没有死！

1942年6月24日

管桦

还 乡 河 上

还乡河上,还乡河上,
枪弹呼啸,大炮轰响,
土地在马蹄下震荡,
烈火卷走了村庄。
沉重的乌云,遮盖了田野,
灾难压在国土上。

还乡河上,还乡河上,
血红的落日,滚滚的波浪,
好像鲜红的血流,
涌出大地的胸膛。
风卷着黄沙,在田野上悲号,
灾难压在国土上。

还乡河上,还乡河上,
号角在吹,战马长嘶。
在这广大的土地上,
战斗的旗帜飞扬。
冲过烟尘,冲过火网。
子弟兵奔向战场。

行 军

望不尽的草原,望不尽的大路,

无边的白雪，静静的波浪，
长长的行列，钢铁的城墙。
炮车隆隆，刀枪儿响亮，
战马啸啸，铃环儿叮当。
汗水变成冰，鬓发结白霜。
渴了吞冰雪，大风做衣裳。
艰苦的路程，是通向胜利的路程，
打了个歼灭战，又打个歼灭战，
走没了太阳，又走出了太阳。

邢野

山　歌

抬头望呀山儿高，
有个老娘子在山腰；
你说她呀干什么去，
她往深山割白草。

白草长了满山坡，
割回家去把饭烧；
不是她呀不服老，
她是给那懒汉瞧。

1942 年写于唐县

开　荒　歌

刨山坡呀，
把工拨呀！
先刨坡来后撒种，
看哪个小伙子流汗多！

土块打得纷纷碎呀，
草盘子让它翻个过呀！
这架高山真是怪，
石头多来草盘子多！

气得锄头发了火呀，
见了石头不歇着呀！
石头原来是软蛋，
稀里哗啦滚下坡！

开荒要开生土坡，
开出生坡打粮多，
要种萝卜开南山，
要种谷子开北坡。

晋察冀，晋察冀，
有的是山，有的是地，
就怕你没有出息！
英雄战士下决心，
要把石头变黄金！

1943年写于部队中

解放古北口

古北口，好风光，
长城盘在北山上，
古老镇子分两半，
一条潮河在中央。

潮河上，闪金光，

东风吹动千层浪,
街上桥上人来往,
解放军穿着绿军装。

桥东人声喧,
桥西锣鼓响,
十二年的地狱得解放①,
家家户户宰猪羊。

古来战场风沙扬,
红旗插在长城上,
顽军望风心胆战②,
我军指日过长江!

1945 年写于古北口

慰　　劳（街头诗）

村里闹吵吵,
铜锣村口敲,
家家把门开,
户户把水烧。

1947 年写于山西

① 军阀汤二虎统治四年,日寇侵占八年。
② 当时称蒋匪军也称顽军。

翻 身 谣

数数千百年，
天昏地又暗，
苦得穷人叫皇天，
苦叫皇天天不语，
低下头来泪涟涟。

租子重如山，
不能把身翻，
低着头儿去种田，
种的是谷子吃的是糠，
种的是棉花没衣衫。

享福的是人家，
受罪的是咱，
享福受罪不一般，
肥粗大胖的是地主，
骨瘦如柴的庄稼汉。

一年又一年，
过了几千年，
几千年来行封建，
只许官家放大火，
不许百姓打火镰。

想起八年前，

说是要抗战,
日头出东山,
边区亮了天,
照得山河红一片,
共产党领导咱把身翻。

提起这八年,
实行二五减,
这个主张好,
穷人吃上饭,
吃饱肚子好抗战,
这叫开始把身翻。

翻身七八年,
没有翻透身,
富人还是富,
穷人受摧残,
这样的日子心不甘,
平分土地才算完!

1947年写于阜平县

张克夫

谁杀死了妈妈（街头诗）

血，
流在地上。
妈妈的眼睛
闭上了，
永远闭上了。

孩子！
谁杀死了妈妈？

姚远方

小 木 枪

一支木枪二尺八,

爹爹叫我快长大,

长大了给我一匹马,

我要骑马挎枪保国家。

风来吹,

雨来打,

风吹雨打我不怕;

河水深,

高山大,

山高水深越过它。

我年纪小志气大,

扛起了大枪走天下,

革命成功回了家,

胸前也要挂朵大红花。

边区儿童团

春天里,

春风吹,

花开草长蝴蝶飞,

大街上,

哨子吹,

儿童团要开大会。

夏天里，

麦穗黄，

保卫麦收兵马强，

山顶上，

小河旁，

站岗放哨有儿童团。

秋天里，

忙打粮，

粮食充足兵马壮，

胡桃肥，

柿子红，

人人爱我小儿童。

冬天里，

河水冻，

去上冬学是好儿童，

边区好，

边区强，

我爱边区像爹娘。

小小叶儿哗啦啦

小小的叶儿哗啦啦啦，

儿童好像一朵花。
生在边区地方好，
唱歌跳舞笑哈哈。
哗啦啦啦啦，哗啦啦啦啦，
唱歌跳舞笑哈哈。

小小的叶儿哗啦啦啦啦，
儿童识字学文化。
读书识字懂道理，
人人说我是好娃娃。
哗啦啦啦啦，哗啦啦啦啦，
人人说我是好娃娃。

小小的叶儿哗啦啦啦啦，
妈妈叫我快长大。
长得身壮力又大，
骑马扛枪保国家。
哗啦啦啦啦，哗啦啦啦啦，
骑马扛枪保国家。

1940年写于晋察冀

张庆云

劝儿上战场

我儿生在青春,
入伍要打先锋,
家中事情别挂念,
杀敌如同孝母亲!

写于新兵动员中

洗 衣 裳

桃树叶密满院青,
我娘叫我拴根绳;
绳儿拴到树荫外,
洗衣裳,叫我晒,
常常洗,衣裳净,
穿在身上不生病;
不生病,自然壮,
不在吃得胖不胖。

写于卫生运动中

孟亚

传　　说

我们平原上,

天和地当央,

在夏天里,

满是青纱帐。

有人走在大道上,

就像钻城门洞,

高粱叶子,

碰得霜霜响。

噢! 两匹马来了,

像两只快艇放大洋:

前边是个警卫员,

后边跟着一首长。

当那阵黄尘落下去,

霎时来到一城厢。

一张红纸条写着:

"三天以内给我滚!

不然,管叫你们全灭亡!"

首长一声喝,手一扬,

红纸条儿便如小鸟飞城上。

具有神威! 谁敢等三天?

就在当天晚上,当天晚上,

敌人走得精光光!

半夜里,红灯如太阳,

鞭炮、"万岁"震天响,

城内人民高举旗子
欢迎我首长……

这首长就是贺师长。
当他战胜在冀中平原上，
人民编了这样的故事，
村村乡乡这样唱。

郭小川

滹沱河上的儿童团员

咕噜噜,咕噜噜,

滹沱河水在歌唱,

滹沱河皮放金光,

屹立在河岸的儿童团员呀,

——滹沱河的儿子,

你闹什么勾当?

看你是多么不调和!

高高的红缨枪,

拿在你那矮小的孩子的手上。

可是,你会说:

"别瞧我小呀,

我把守着晋察冀的哨岗。"

当你那小眼睛闪光,

枪刃闪光,

河皮闪光,

你那铜铃般的声响,

打向路上的对方:

"路条!"

那人就得赶快把它递给你,

你,这晋察冀的臂膀!

你的锐利的眼睛,

时时向路上张望,

一听到河水的歌唱,

你唱得比河水更悠扬:

"滹沱河,长又长,

你是我的大姨娘;

滹沱河,粗又粗,

你是我的大姑姑。"

咕噜噜,咕噜噜,

河水呜咽着走向远方。

"姨娘遭殃我帮忙,

姑姑遭殃我拿枪。"

一回头,那密密的柿子黑枣,

把你眼珠照红:

"柿子红,

黑枣青,

咕咚——

掉到河里叫水冲,

一冲冲到县政府,

一冲冲到八路军营,

大家吃个饱,

一起去打日本兵。"

那面,一个战士骑马来了。

于是,你的小嘴笑得像红缨,

小手拔起葱绿的草,

献给马上的兵。

大马把你比得那么小,

你那清脆的话语突破天空：

"同志，同志，

给你这把草，

把你这大马喂得胖胖的，

骑上一股风，

去打平山城！"

战士给你敬个举手礼去了，

你呆呆地望着，一动也不动……

你怀念起那可爱的平山城，

你的心儿像河水一般汹涌。

两年前，你跟爸爸进城去卖黑枣，

那儿你吃了一肚子烧饼。

今儿你只能看河水流向东，

你不能再去吃烧饼，

日本鬼子把城烧得精光，

把人杀个精光……

想一想，你唱起歌来像敲钟：

"我们在太行山上，

我们在太行山上……

敌人从哪里进攻，

我们就让他在哪里灭亡……"

咕噜噜，咕噜噜，

滹沱河水在歌唱，

滹沱河皮放金光，

屹立在河岸的儿童团员呀,

——滹沱河的儿子!

你干出了英雄的勾当。

1939年9月写于晋察冀边区

牧羊人的小唱
——塞上草之二

牧羊人顶爱歌唱——

冬天,大清早上,

他就鞭打着调皮的群羊,

放浪地溜向

长草的地方,

(去吃那战争的火焰

没有熏黑的草秧,)

喉咙里迸出清脆的声响,有如骆驼颈子摇曳的铃铛。

早上,

我迎太阳上山岗;

晚上,

我披太阳回村庄。

牧羊人,

忙又忙!

鞭子是我的武器,

舌头是我的力量。
羊呀，我的子孙，
土地呀，我的亲娘！
太阳染红我的脸，
筋骨酸软怎能当？

他漫过披雪的原野，
攀登到向阳的
山坡上，是只年轻的羔羊
独个儿玩耍在一旁，
他拿小铲掀起一块石子掷出去，惩戒那不驯的羊，
而那羊却猥亵似的
走来走去，自由地游荡……

太阳光，
黄又黄，
金光洒遍这群羊，
羊毛明晃晃；
羊眼亮光光；
羊鼻喘吁吁；
羊嘴咩咩响；
羊尾直摆动；
羊腿如风总奔忙。
他突地带气地笑了
笑向那独自跑走的羊。

羊呵，羊呵，

你要去作菜？

你要去当汤？

你要上厨房？

羊呵，羊呵，

请你想一想：

今天你在山上彷徨，

明天也许叫人饱尝，

你为谁辛苦为谁忙？

他把羊群赶上高耸的山岗，

昂然向地面瞭望。

他望见那无尽的白云，

无尽的山海茫茫。

他望见那深藏在山沟的

簇簇的村庄——

（那儿再没有排列有序的瓦房）

一片废墟、瓦砾、空场……

说塞上本就荒凉，

那么如今已不似往常

比沙漠或许只

少几次风暴猖狂！

日本兵，

叫我们

当牛马，当羔羊。

杀人又烧房,

抢走了妇女又抢羊。

听:

炮声隆隆响……

看:

兽机多猖狂!

而我的筋骨呵,

酸软怎能当?

酸软怎能当?

他的心儿要热狂,

他的皮鞭高扬,

抽打羊的脊梁。

他跑下山岗,跑过原野

跑向他们僻静的村庄……

我呀,难道我是一只羊?

我呀,难道我是一只羊?

不,我绝不是羊!

羊呵,羊呵,

你为谁辛苦为谁忙?

晋察冀草,绥西抄

骆驼商人挽歌

——塞上草之三

　　行走在长城上的骆驼商人队遭受了日机的轰炸,一个商人搂抱着他的骆驼同时倒下了……

大风沙里,
忠毅的旅人呵!
你搂抱着你那笨重的
最亲昵最疼爱的伙伴
颓然倒下了!
像一座崩塌的山岩。

风在叫嚣,
黄沙在飞走,
你俩的血搅在一起,
汩汩地流……

你们来自西口,
想从脚下磨来你们的吃喝,
骆驼载着重荷,
你拉着骆驼。

无期的旅行,
无尽的折磨,
全靠你俩交互的抚爱
什么艰辛苦难,

都被你们跨过!

爬山,
渡河,
走沙漠……
永作异乡的生客;
你们是最耐心的拓荒者,
你们是中国式的探险家。

而今天呵!
"你俩如此安静——
让血任意流吧,
我们的血已淹没了
产自东洋
绽放在长城上的炸弹花,
从血灌溉的土地上生长的
将是更鲜丽的花朵呀!"

你却还固执地抱着骆驼,
诚朴的旅人呵!
当你吐出一口气的时候,
你猛力抖擞你
惯于行走的生毛的腿,
瞪大看惯远方的眼睛,
张开你的嘴,
而是无声息地缄默……

赶快听吧,
那整个中国草原上的
比炸弹还宏大而铿锵的
突破旷野的挽歌。

1939年8月晋察冀草
1940年3月抄改

热 河 曲
——忽然想起我的家

春呵,
温煦的日子,
我的枪柄不再冷得粘住皮肤,
阳山坡蒙上一层草丫的淡青,
(山是我最亲近的友人,)
春呵,
让我向你庄严地立正吧,
当作一个战士的尊敬的欢迎。
原谅我,
我没有清脆的喉咙,
(只长了喊惯"一二三四"的
沙哑的嗓子,)
不能唱首愉快的歌

给你听——

我忽然想起我的家,

我家在辽远的热河,

——那广漠的山之国呵!

我记得,

七年前,

那儿也有瑰丽的春天,

暖和的金黄的太阳光,

照着爸爸耕种,

照着妈妈拿银亮的针补缝,

照着我童年的

香甜而安宁的梦。

六个春天了,

在少年流浪的行旅中,

我顶爱睡觉,

为要多梦几次呀。

每次每次

我家好像全没有变动,

对门的南山还是那么乌蓝,

罂粟花开得一片粉红,

天空飞翔着稳重的风筝,

爸爸还是健壮地劳作,

妈还是那么年轻,

就连那两只白洁的母鸡,

也照样下了蛋便骄矜地

吵叫哄哄……

春呵，
今年这温煦的日子来到时，
我们这队伍，
正奔跑于游击的旅程，
我几乎辨识不出这是春天。
辨识不出呵——
那叫嚣的飞机在天空中纵横，
那炮弹呜咽地嘶鸣，
风呵，
吹散着血腥，
树呵，
结着腐臭的人头，
村落呵，
枯黑又冷静，
春天逃窜得没有踪影。

于是，
我觉察了
我曾有着多么荒唐的梦！
七年的记忆重新复活，
七年前的那个春天，
我家也是这样光景——
什么都是空寂冷清的，
除了一列漫长的嘈杂的

逃难的人流……

妈死于中途的疾病，

爸爸涕泣又叹息，

我哭诉向春风……

但，

今天，

我的眼睛没有一颗泪珠，

（哭的本能也许失去了吧！）

我却如此酷爱身边的

枪呀，

马呀，

草鞋呀，

虽然我家的记忆有时

系住我，

而我常常骄傲地一笑。

我将永远地笑着，

走向战斗的原野，

同我的伙伴们一起，

享乐一个绚烂的春天。

"热河事变"（1933）七周年①的第十天写于黄河岸

---

① "热河事变"七周年：即1940年3月。1933年3月3日，热河省承德市被日本侵略军进占。

秦兆阳

乌鸦国王的烦恼

谁都知道,在那边

有个乌鸦国。

乌鸦国的国王

是个奇怪的家伙。

他住在高高的山上,

披着一件漆黑的大氅,

高视阔步地,

时常噪叫着

一些粗野的歌声。

有一天,他忽然

有了新的创造,

叫出来,一整套

新的曲调:

"呱呀!呱呀!

臣仆们,肃静!

仔细听,我这新的训令!

既然我们号称乌鸦国,

就不能辱没

这个光辉的国名。

所以所以,你们每个人,

一律一律,都要长一身

黑色的毛翎。

谁,哪怕只生半根
杂色的羽毛,
我也一定一定
要加以严惩!"

好家伙!
多么奇怪的规定!
他是不是在发昏?
莫非是有了神经病?

原来呀,他心里
正念着一本这样的经:
乌鸦啊,别看它长得丑,
它可是,得天独厚。
所有的凶禽猛兽
都不吃乌鸦的肉。
任何贪心的猎人
都不对乌鸦瞄准枪口。
所以所以,我们这个乌鸦国,
如果真能变成一片黑,
嘿嘿,那就呀,
用不着搞什么抗战,
用不着讲什么国难。
让那些异党异军
去打他们的游击战吧!
我们隐在黑暗里,

跟黑暗合为一体,
打阴拳,放冷箭,
大吃他们的
人肉筵宴!
(不过,这可是绝对秘密,
只能写进
反对异党的密令里!)

"呱呀!呱呀!真妙!
瞧我这身漆黑的大氅,
就是你们最好的榜样!"

他呀,自以为声如洪钟,
臣仆们一定会绝对服从。
所以他非常得意,
昂着头傲视天空。
不提防,突然间,
有个女人,高声大喊:
"你,瞎扯淡!
首先,我就不干!"

"娘卖皮的,
是谁,胆大包天?"
他气得瞪圆了鬼眼,
朝四面一看:
哦,原来就在身边,

是王后，突然间
红着脸，一阵娇嗔。

于是，发生了有趣的事。
"亲爱的人"发生了争论，
臣仆们都洗耳恭听，
有人还做了记录，
记下了一篇稀世的奇文。

"亲爱的，为什么你不干？
有什么高见，说说看？"

"你呀，真丢脸！
为什么不对着镜子瞅一瞅？
全身漆黑，
衬托着一个讨厌的秃头。
看看全国，谁像你？
真叫人作呕！"

"哼哼，这，不要紧，
我要下道严厉的命令，
叫所有的臣仆们，
一律一律一律
以我为准，剃成秃顶！"

"全国剃光头，

全国光葫芦，
秃头乌鸦国，
更加丢大丑！"

"你不懂，白头乌鸦"
是最珍贵的品种！"
"难道连老娘我，
你尊贵的老婆，
也一定要长一身黑毛，
剃一个光秃秃的脑壳？"
"你是我的太太，
当然要做表率！"

"呀！那，以后
我怎么去应酬美国朋友！
难道你忘了，他们是
白色的种族？
难道你忘了，他们喜欢
黑发粉脸，
白皮嫩肉，
穿红穿绿？
难道你忘了，
他们是给你撑腰的大叔？
到时候
他们说一声'NO'，
你还不

吃不完,
兜着走?"

王后这一连串的问话,
问得国王张口结舌。
当着臣仆们挨老婆的骂,
一个很好的计划成了笑话。
丢人呀!烦恼呀!
他,手往秃头上使劲狠抓,
抓掉了最后的三根头发。

1941 年春写于晋察冀边区

玛金

向着前哨的行吟

当火云下的微尘
歇足在草尖上,
我的双脚如同十月的山风
振荡着谷底的沙砾
驰向黄水东的吕梁。

我日夜跋涉着追赶的
前哨大队啊!
我们是一支抗击强暴的
生命的激流,
沿着黄土高原的险峻山脉
奔腾而下,谁能阻挡?
载负和养育了我们几千年的
这神圣的国土,
决不许敌寇们侵犯;
我们的史册上将永远闪耀着
大写的"炎黄"!

此刻,晚霞给草叶染上了柔和,
我的更阔大的步伐,
像十二月的山风

从岩头飘过……

透过夜幕,我仿佛看见

一个辉煌的景象:

我的前哨伙伴们——

千百万朵火焰,

凝成了一轮新的太阳。

莎里,你也是它的

一支灿烂的金箭,

射在我的心坎上……

也许即将来临的晨光

会给我以你的音容:

伙伴们高亢的歌呼

也将融溢着我的欢欣。

我和你,恰像是两滴流金

又将跳动在一个熔炉里,

歌唱力量,召唤明天的胜利!

1939年秋,从延安奔赴敌后的赶队途中

风暴,我心灵的音乐

在晋察冀的早晨,

从风暴的摇撼里醒过来,

我已记不清这是多少次了。

风暴,它代替着

红色的明亮的号音。

房子，仿佛是一只
被风浪飘打的船，
舱顶上剥落的泥土
扑击着我的脸颊。
透过那盖满黄尘的窗棂，
我看见
盘旋在天际的巨风，
正驱赶着来自远方的云阵；
我看见风的手
和被它紧紧抓住的
阴云的散发，
顽强而猛烈地角斗着……
大地上一切都在呼喊，
都在骚动……
而我的心呵，
早已跟着风沙的浪头，
飞奔在晋察冀的
所有的山峰、林顶、
五月的村庄
和麦色青青的山原了。
这棕黄色的尘沙哟，
它掺和着我们的伙伴的鲜血；
而我，正拥抱着它们，
在巡逻祖国的土地……

往日，我也曾

在炮声暂时隐没的时候，

忆起明丽的南方

和它那温柔恬静的夜晚；

但现在，

我不能割舍

这风沙里的山野了。

在晋察冀的早晨，

从风暴的摇撼里醒过来，

我已记不清这是多少次了。

每一次，都让

大地的风炉，

煽起我心灵中的

斗争的火焰，

一次又一次地

我更加坚强起来；

让个人的渺小的悲欢

焚化为灰烬，

被吹送着，

永远消散了吧！

现在，

我分不清风的呼喊

和我自己的喘息；

从森林、山谷、河流的喧嚣里，

我听见了自己血液的流荡。

我想象我是贝多芬,

我在从我的《第五交响乐》里

倾听着那炽热的旋律。

我热爱你呀,

晋察冀的风暴!

因为我热爱我心灵的音乐。

你,风暴,

也许有休息的时候,

让红喇叭花

在山坡上静静地开着,

让晋察冀的人民

在战斗的火线旁边

享受一串安静的日子;

但我的血管里

将永远响动着你的节拍,

当敌人来犯的时候,

它让我去顽强地战斗!

1942 年 5 月于晋察冀边区

夜　　行
——"边缘区"工作小记

他:

你看，黑的夜云

正从那些巉岩上

往下滚；

你看，那每一块卵石、每张叶子

不是像暗杀者的

恶毒的眼睛吗？

（这太行山脉的

最冷僻的小道啊，

没有村庄、没有灯火，

悲号的风声里夹着狼嚎……

惊悸叩打着

我的同伴的牙齿，

因为爱歌唱的布谷鸟

也压低了喘息……）

我：

同志啊，不要怕！

有我陪着你，

有"勃朗宁"给我们作伴，

虽然在前面还要穿过

那深邃的长林

和苇子地——在那里，

我们的一位女同志

曾被残余的敌对分子所杀害，

虽然……

但是不要怕啊，我的同志！

他：
但愿啊，
那样的事不会发生！

我：
然而也有可能……
走啊！
眼前只是短暂的黑夜，
而我的心里
有永恒的火光，
它照亮着未来的
从我们辛勤者手里
结下的果子。
你啊，同志！
难道那染红了苇子地的
女同志的血
只能使你抖颤吗？

他：
不……

我：
那就好了！
把胸脯挺起来，

把"勃朗宁"的子弹顶上膛，

以那个勇敢的女同志的愤怒

来喂壮你的胆子；

而况有无数的兄弟姐妹，

在人民自己的土地上

闪亮着警惕的眼睛。

走吧，走……

纵然前面隐伏着凶手，

我们必须

顽强地突过去！

只要能把革命的种子

播到那片苦难的土地上，

只要人民的幸福

像花朵

在我们洒下的鲜血上

开放……

1942年6月于晋察冀边区

甄崇德

春天，乡村的声音

春天来了，
使我想起了故乡……

故乡的春天是美丽的，
两条溪流一直绕着村子流……

村前的杨柳树，
细长的条子吐嫩芽了，
风儿吹着飘过了屋顶。
太阳暖热的光线，
照着溪水，照着山，照着树林，
照着每条街路……

天，蓝得像大海样，
整个空间是光明灿烂。
在春风里，
孩子们爬上了树木，
折下了青青的柳枝，
剥下了皮管，
塞满嘴里，
吹出清脆的笛声，
满脸笑嘻嘻，
像春天一样美丽。

柳笛响满了村子,

响满了每条街每个屋子,

和屋顶上的鸡声连成一片,

和那山边的军号呼应一起。

——这是乡村的声音,

——这是春天的气息!

秋　　播

——我们的日子

秋天过去了,

庄稼收完了。

我们的土地,

摊开了宽阔的躯体。

黑油油的,

在阳光下笑嘻嘻!

快来耕种呵,

别错过好时机。

颗颗麦种一落地,

就像埋下了金子。

它伴着阳光、霜雪、风雨，
在大地怀抱中孕育。

发芽、长叶、吐穗、结果，
迎接着那丰收的日子。
那时，战争也在前进，
向着东北，向着胜利！

怨　　谁

不要说这里有大山，
敌人就不敢来；
不要说菩萨灵验，
这里就保险。

敌人真来了，
你怎么办？
自己不早准备，
遭了殃，把谁怨？

怨大山？
不沾边；
怨菩萨？
是泥团。

还得怨自己，

头脑生了锈;

靠山信神,

自招祸灾。

快照党的话儿办,

组织起来,

团结战斗,

人民命运稳如山!

选自《觉悟》1942年第2期

李学鳌

枪 杆 沟

俺家住在枪杆沟，
山泉清清沟底流。

喜鹊喝口山泉水，
唱着山歌儿跳枝头。

牛儿喝口山泉水，
拉犁耕地有劲头。

毛驴儿喝口山泉水，
驮上公粮前线走。

子弟兵喝口山泉水，
爬上王母观①端炮楼！

1945年5月于灵寿枪杆沟

三十家土屋靠北坡

太行山里车辚辚，
三十家土屋靠北坡。

---

① 王母观是灵寿县境内一架大山，山上有敌伪修筑的碉堡多座。敌伪常下山迫害老百姓。老百姓对敌伪恨之入骨。

西头住着抗大二分校①,

房檐儿底下笑声多。

东头住着疗养所,

病号常帮咱推碾磨。

中间住着小剧社,

大姐们常教咱扭秧歌。

三十家土屋靠北坡,

家家的日子真红火。

1945年6月于灵寿车轱辘坨

哨子嘟嘟响

听见哨子吹,

儿童团员笑微微,

扛起红缨枪,

操场上列好队。

李区长来讲话,

声音像打雷:

---

① 这里住过抗大二分校的一个班。

"上半年打败希特勒,
下半年赶走日本鬼!
儿童团员们,
继续奋斗,莫后退!……"

听罢区长话,
像喝了蜜水水:
"对,为赶走日本鬼,
咱们去地里捡麦穗,
让麦穗变成白面馍,
子弟兵吃了显神威!……"

哨子嘟嘟吹,
儿童团员捡麦穗,
你提篮子我背筐,
人人的小脸上绽花蕾!

1945年7月于灵寿南营

戈焰

豆选女县长

没有鼓,没有锣,
选举会场好红火,
县长也由咱们选,
乡亲们个个乐呵呵!

要问县长选哪个,
模样装进心窝窝,
带兵打仗,问饥问寒,
手上茧儿还数她多!

黄黄麦苗见她发青棵,
高山流水见她要唱歌,
这样的人不选选哪个,
她碗里黄豆乒乓落。

1940 年夏于唐县

哭 任 霄

任霄同志,
我们的县妇救会主任,
我轻声地呼喊你:
边区的女诗人、英勇的女战士。

你冲过重重险滩、暗礁,

从遥远的南方来到晋察冀。

我万万想不到我们初次见面又永别,
我深深感到你心中本来就没有你:
这是因为
在离别前我送你二十里地,
你是那样的从容不迫,
挺进敌人心窝窝里。
你说你要为远大理想奋斗到底,
然而,在那暴风雨来临的时刻,
你遭到不幸,
敌人一刀把你青春夺去。

不,你没有死,你没有死,
你永远活在我们心里。

我仿佛还听到
你在边区文协会员大会上吟诗,
一字一滴血,一句一把火,
点燃我们心里。

我仿佛看到
你昂首挺胸,迈出矫健的步伐,
一步一个脚印,充满生命的活力,
把敌人的碉堡踏成平地。

1942 年冬于河北阜平北瓜台

酸 枣 棵

山崖的边沿，倾斜的土坡，

都是我的族类散布的地方。

我与荒芜偏僻为邻，

从来不曾受人栽培，

从来不曾听到一声亲爱的赞扬。

而我泼辣强壮，

娱乐在暴风雨里，

笑傲那暖室里培植的盆栽。

春天公平地分给我一身绿衣，

我不开放灿烂的花朵，

却要孕育丰富的果实。

狂飙的西风裸露了我褐色的躯干，

而夺不走我孕育的果实，

这圆圆的珊瑚一样的颗粒呵，

像一簇簇的火星，

点燃在苍灰的天空里。

我守卫在西红柿白菜萝卜的边疆，

对顽皮的孩子们和失礼的公鸡呵斥：

"止步，嘿，止步！"

播种下辛勤与希望的田园，

哪能被懒惰的脚踏得稀烂？

冰冻的天气里，
铁叉子把我送进灶膛，
吱——吱——吱——
我低声地歌唱，
贡献了全部的生命，
发出燃烧的炽热，
发出强烈的火光。

原载 1942 年 9 月 24 日《解放日报》

力军

好 生 活

好生活
是藏在黑暗的日子里,
(它不会像阳光一样,
自己落到地上)

咱们要它来到,
就得和黑暗战斗!
要自己去动手。

录自《在晋察冀》,战地社 1939 年 4 月 30 日

张学新

大 山 之 歌

秋夜里,

蓝蓝的海一般的天幕上,

划出一条刚强的线。

山哟,大地的守卫者,

威严地站在那边!

它和星星密语,

同月儿谈天,

向辽阔的宇宙宣言:

"大地的人们在战斗,

为生活,为自由,

像我一样的坚强,勇敢!"

1942 年平山,抄自日记

歌唱解放区

太行山上燃烧着抗战的烈火,

黄河长江翻卷着救亡的巨浪,

战马奔驰在塞外的风沙里,

战斗进行在漫长的海岸上。

从华北到华南,

从西北高原到黄海之边。
在我们宽广的国土上,
解放区的大旗在飘扬!

我们从血泊中站起来,
我们在战斗中成长。
我们从苦难走向幸福,
团结就是我们的力量。

千百万人民得到解放,
自由的歌声多么响亮。
人民的军队,人民的政府。
战斗的堡垒多么坚强!

我们的心向着延安,
我们的旗帜插遍祖国河山!

1945年春于涞水县

艾青

人 民 的 城

一

张家口——
人民的城,
美丽的城。

山卫护着,
清水河流过,
没有沙漠,
电气开花,
机器唱歌;
工厂接连着工厂,
汽笛招呼着汽笛,
大卡车大笑着,
满载着货物,
驶进了栈房,
驶进了仓库。

长长的马路,
宽阔的马路,
市集的叫嚣,
人群的喧腾,
无数的车辆驶过,
汽车的喇叭吹叫着;

四面八方来的人们——
从无数乡村来，
从各个根据地来，
从各个解放区来，
带着愉快的呼吸，
带着新奇和感激，
从这条街走到那条街，
两眼看着新的景物。

今天我们在这里，
不像在别的城市，
感到陌生和不安，
感到疑虑和恐怖；
今天我们在这里，
好像在自己的家里，
可以自由自在地走着，
可以昂首阔步地走着……

张家口——
人民的城，
美丽的城。

二

张家口，
有痛苦的记忆，
山也记得，

河水也记得,
老乡更记得:

敌人占领了华北,
"派遣军"的刺刀
插进了张家口,
这里成了"战略基地",
这里作了"反苏据点",
无数的浪人来了,
机关都被敌人掌握,
物资都被敌人控制,
张家口成了粮站,
张家口成了火药库;

清水河流过张家口,
把城市分成两边,
一边叫西山坡,
一边叫东山坡——

西山坡上是旧城,
旧城里住的是中国人,
无数的小商人,
无数的苦力,
无数的穷人,
十几万市民,
都生活在敌人皮鞭的下面;

年轻人被绑走了，

牲口被拉走了，

珠宝被抢走了，

年老的病倒了，

女人被糟蹋了；

又是"配给"，

又是"许可"，

又是捐，

又是税，

没有白面，

没有大米，

没有肉，

没有油，

都给敌人拿走了，

连血都快要抽干了；

西沙河的河滩，

变成了屠宰场，

好多老乡被砍头，

好多老乡被活埋，

沙滩上涂满了污血，

野狗和狼争吃着尸首，

成千成万的苦力，

被征用，

到市区的周围，

凿山洞，

建筑防御工事，

修飞机场，

挖防空壕，

造军火库，

造地下仓库，

等工程完了，

他们也完了，

尸首被投在清水河里……

三

而东山坡——

东山坡是"风景区"，

是公园，

是"神社"，

是"忠灵塔"的所在地，

有日本领事馆，

有"居留民"的住宅，

有"高等职员"的宿舍，

房屋是华贵的，

风景是幽美的；

造房子的是谁呢？

造房子的不是九州人，

不是四国人，

也不是北海道人，

而是张家口的老百姓——

成千成万的人，
都为敌人忙碌，
在广阔荒凉的山坡上，
建造起千万幢房屋，
等一切都安排好了，
搬进去住的是日本浪人，
和那些脸涂得粉白的妇女；

而张家口的老百姓，
他们一造好房子，
就不敢再从东山坡走过
只是站在西山坡上
带着忧愁和气愤
远远地看着东山坡……

这样的日子，
足足过了八年。

四

去年八月，
八路军来了，
炮声震动山谷，
把敌人轰跑了！

"武士"们都逃了，
指挥刀也不要了，

饭也不吃了,

帽子也不戴了!

那些住宅里,

那些宿舍里,

地上丢着彩色的和服,

油漆彩画的木屐,

散着冈本和大田的名片,

美芙子给林三郎的"手纸"①,

和一厚册一厚册的贴照簿,

在这些贴照簿里,

贴满了刽子手们的照片;

现在他们都完了——

无论是大佐,

无论是少尉,

无论是森大启,

无论是小冈村,

奖状和勋章都丢在地上;

有的逃了,

有的被捉住了,

有的死了,

死得这样不体面,

连骨灰也不能运回东京去;

还有那些北村英子

---

① 手纸:日语中信的意思。

美惠子、江藤春子,

梶谷蝶子、花代子,

除了留下脂粉盒子,

和卷发用的夹子,

就不再看见她们的影子。

(谁知道她们到哪儿去了呢?

听说有人看见她们,

在北平东城的胡同里,

打扮得"雍容华贵"

在东安市场买东西。)

伪"蒙疆政府"瓦解了——

德王逃走了,

李守信逃走了,

于品卿被枪毙了,

什么"司法部长",

什么"高等法院院长",

已关在监狱里,

都在用手指,

数着自己最后的日子……

五

张家口,

解放了——

头上包着毛巾

穿着蓝布袄的农民,

在街上大摇大摆地走着；
工人们成群结队
大笑着走进了工会；
铁路的自卫队，
在街上操练；
妇女联合会在筹备
纪念今年的"三八"节。

所有的人都站起来，
所有的人都组织起来，
和着军队，
和着政府，
守卫这人民自己的城。

人民的城，
一切为了人民。

列车运送着劳动人民，
自来水供给人民用水，
人民在广播电台说话，
报纸登载人民的事情，
戏院演的是人民的翻身，
监狱囚禁人民的仇敌，
法院审判人民的罪犯。

张家口——

美丽的城，

无数红砖的新式房屋，

无数立体建筑，

繁杂的电杆和电线，

和白色的瓷瓶，

和如林的烟囱，

在晴空下

展开了都市的画幅……

乌黑的火车头，

冒出白色的烟，

拖着长长的列车，

从城郊驰进车站，

杂色的人群，

突然涌到街上……

街上，

人们匆忙地走着，

走进工厂，

走进商店，

走进机关，

走进学校，

一切的人都朝着一个方向：

"建设民主繁荣的新张家口！"

张家口——

幸福的城,

没有饥饿,

不受欺负,

没有压迫,

没有恐怖,

工人增加了工资,

农民减少了租子,

商人没有苛捐杂税,

人人快乐,

日子过得很舒服!

张家口——

人民的城,

美丽的城,

幸福的城,

光荣的城!

人民的手建造的,

人民的血解放的,

人民的生命保卫的

和平的城!

1946年2月26日

严辰

生命的春天

——给张家口工人首届代表大会

一

天上结着冻云,
河里结着坚冰;
风尖厉地吹刮着,
寒冷在每一个空隙里逡巡。
——这是冬天,
这是塞上的冬天。

你们,全市工人的代表们,
正带着满腔热情,
从城市的四面八方,
从每一个工厂,每一种工作场所走来。
脸上带着抑制不住的笑容,
胸前挂着战斗和胜利的徽章,
你们就像过节日一样,
说不出的欢快和兴奋。

——你们知道:
这不是冬天,
这是生命的第一个春天!

二

你们应该是世界上最富有的,

你们却是最贫穷。
你们多茧的灵巧的双手，
用不断的劳动，
创造了世界，创造了财富，
创造了这塞上现代化的城市。

那些人类的骗子和盗匪，
抢夺去了你们的所有，
连你们的血汗、自由和生命。

你们被鞭打着、奴役着，
公开或秘密地屠杀着，
你们吞着眼泪坚持下去了。
因为你们相信——
总有一天工人阶级会得到翻身！

三

你们是不错的，
这一天真的来到了。
这光辉的晴朗的日子，
由于亲爱的兄弟——
英勇的人民子弟兵的帮助，
你们终于和这城市一起解放了。

呵！
胜利归于你们！

光荣归于你们!

你们从席棚里爬出来,

从地洞和坟坑里爬出来,

住到了原是你们亲手建筑的红房里;

身上穿的是新袄,不是破麻袋,

锅里是白面,不是腐烂的山药和糠皮。

嘹亮的汽笛的呼叫,

不再带来饥饿的威胁,

而是愉快的劳动的召唤;

工作不是苦痛,

却是对于建设的责任和权利。

你们是自己工厂的管理者,

这城市的真正的主人!

四

"今天的起来——永远的起来!

今天的胜利——永远的胜利!"

我听到你们的控诉和欢呼了。

那久经考验的电灯工人,

一九二五年的老革命的话,

那像他开的火车头一样,

雄壮高大的铁路工人的话,

朴素的自来水工人的话,

和许多女工、童工们的声音，
怎样使人感动和兴奋！

你们的语言那么响亮，
那么斩钉截铁地有力，
——这是工人的语言，
马达的语言，金属的语言，
锻炼过的钢铁的声音！

你们的欢乐那样真诚，
那样富有感染性，
——你们受的折磨最多，
被苦难压抑得最沉重，
所以你们觉悟得最彻底，
你们的笑也最美丽动人。

你们把二万工友的心意带来，
又把共同的决定带给二万人：
为了生活得更好，
为了既得的胜利更加巩固，
你们要把团体结得又广泛又紧。

让反动派滴着馋涎，
而又害怕得发抖吧！
你们却要迈开阔大的步子走向前去；
让鲜红的大旗高高举起，

让全中国全世界都听到你们的歌声!

1945年12月,张家口

新　　婚

一

一盏油灯放红光,
满屋子照得通通亮。

多少年来没点过灯,
今夜的火花耀眼睛。
红漆的立橱红漆的柜,
一种种的颜色配成对。
栀子花开顺情栽,
迎门桌子顺情摆。

桌上立着一面镜,
两边两个大花瓶。
胜利果实数不清,
地主的东西赔偿穷苦人。

炕上铺起紫花毯,
大红的被子叠一边。

往年腊月没铺也没盖,
这会儿的光景怎不惹人爱?

大红对联贺新婚,
贫农团全体写上名。
"细耕细作多生产,
同心同德闹翻身。"
男的走了女的来,
看新媳妇的人儿挤不开。
这个笑来那个闹,
两口子低头尽害臊。
老的称赞少的夸:
"这一对夫妇好配搭"
小栓背宽肩也宽,
站到人前像座山。
手大脚大骨骼大,
干活儿赛过大骡马。

黑妮子长得好端正,
乌溜溜的眼睛像两盏灯。
粉红裤子粉红衫,
浑身上下好打扮。
一张炕桌四角方,
白亮的瓷碗摆桌上。
长命饺子六十个,
长寿面十二条。

饺子馅儿花样巧——
北瓜红枣青辣椒。
人逢喜事精神爽,
小栓乐得心发慌。
吃了一碗又一碗,
低声向着黑妮子劝:
"刮风落雨半世地忙,
这白面饺子还头一回尝。"

二

吃着饺子想当初,
小栓子当初苦处多——
"拔了刀子不忘记痛,
翻了身哟不忘记穷。
根也穷来苗也穷,
父子两辈当长工。
爹爹一年忙到头,
家里还是吃不够。
妈妈怀胎十月整,
数九天气把我生。
破絮烂花包扎上,
一夜哭到大天亮。
爹爹回家来探看,
捎回来饼子一个半。
又是喜欢又发愁,
夜黑天回来鸡叫走。

财主问爹生的啥？
听说是小子就笑哈哈。

八字的胡须摸一摸，
'又给添了个小扛活。'
爹爹生气脸发青，
好比毒蛇咬了心。
'再扛长活不算人！'
撂下一家子走井陉。
逼得没法下煤窑，
不到三年把命送了。
一把把汗水一把把泪，
妈妈苦苦把我带。
一把把粗糠一把把菜，
糠糠菜菜把我喂。
吃了粗糠难消化，
吃了野菜胀肚子。

不想吃它饿难挨，
吃了它哟活受罪。
平常年景还能混，
遭上荒旱就要命。

蝎子的尾巴财主的心，
人家饥荒他高兴。
穷人的烟囱不冒烟，

财主吃肉还嫌不新鲜。

一斗谷子一斗红高粱，

换走了十七八岁的大姑娘。

算盘珠子拨拉响，

咱的田地归了人家的账。

妈妈要饭上财主家，

没曾开口先挨骂：

'剩饭剩菜倒是多，

就不给你这穷老婆。'

妈妈饿得心发慌，

跌跌爬爬死在半路上。

买不起棺材烧不起纸，

一张炕席包死尸。

受苦受难活了一辈，

临了还做个饿死鬼。

埋了妈妈卖自身，

小扛活又上了财主家门。

黑价白日没空闲，

做得慢喽挨皮鞭。

成年累月傻受苦，

走东走西没活路。

稀溜溜的米汤照见影，

端起饭碗泪淋淋。

三个硬饼子发了霉。

爱吃不吃算活该。

十冬腊月大雪飘，

手指冻得像萝卜条。
财主穿着灰鼠皮,
我的老棉袄破得像蓑衣。
财主在炕边把炭火烤,
支使我院里把雪扫。
湿了鞋子没替换,
不穿鞋子直打颤。
光脚丫子冻得发了麻,
财主待我不如牛和马……
十八年长活十八年的罪,
数不尽的折磨吐不尽的老苦水!"

三

小栓说罢叹口气,
黑妮子也把当初提——
"苦苗苦藤苦蛋蛋,
俺的日子也不沾。
俺妈生俺第三个,
个个生的净是贱丫头。
生下小子能扛活,
生下闺女赔钱货。
不赔钱财不赔礼,
眼前穷得没一颗米。
奶奶在门外骂开口:
'哪来闲饭养丫头!
趁早在尿盆里淹死她,

省得往后害全家。'

俺爹双手直哆嗦,

一把卡着小咽喉。

一口气憋在肚子里,

抽筋缩脚死过去。

不怪俺爹心肠狠,

穷人的怨苦没处伸。

一声啼哭又活转,

二回动手俺爹手发软。

俺妈一骨碌爬下炕,

支着铁锹往外闯。

一锹一锹掘坟坑,

眼泪打得脸蛋疼。

舍不下亲生的小宝贝,

俺妈叫姐姐去活埋。

姐姐嚎啕不肯走,

合家人眼泪流成河。

奶奶叹声:'小讨债,

不添金银添祸害。'

饥荒小户穷又忙,

三天未满俺妈下了炕。

下得炕沿头发晕,

地里的活儿做不清。

早晚吃上两顿奶,

饿了俺姐给喂口白开水。

石头缝里出青草,

半饥半饱俺长大了。
四岁五岁没穿过裤，
新年新岁也光屁股。
日子穷得翻不转身，
俺爹走了东三省。
两个姐姐给人去童养，
俺妈帮佣到宋家庄。
老财家里吃口多，
二十来人的饭食一手做。
秫秸烧火火苗儿红，
累得腰酸背脊痛。
起早磨夜没人怜，
一年挣不上几块钱。
太太嫌俺吃喝了她，
割草喂猪打小杂。
小姐吃面俺吞糠皮饼，
吃得多了太太瞪眼睛。
小肚子饿慌咕噜噜叫，
猪食槽里搅三搅。
捡起半个西瓜皮，
清清脆脆甜如蜜。
太太撞见一顿揍，
小身体病了半月多。
一年年辛苦一年年难，
四年的熬煎泪也干。
俺爹四年没捎回封信，

俺妈盼得心口疼。
人家的屋檐避不了风,
老财家做活太过重。
黄连难吃气难当,
做了奴才没指望。
狠狠心肠咬咬牙,
俺妈另找了婆婆家。
不是对爹没恩情,
后半世的日子谁照应!
三炷线香佛门前烧,
把俺送在了尼姑庙。
尼姑庙好像一座牢,
没有欢乐没有笑。
尼姑庙好像一座坟,
埋下了俺这苦命人……
摸黑里走路望不见天,
穷人的苦罪大海没有边!"

四

万里的黄河水不清,
当年的苦处说不尽。
苦处要尽甜处来,
铁树开花笑开怀。
自从来了工作团,
千年的穷根都挖断。
翻翻心哟诉诉苦,

一股股的冤气往出吐。

你穷我穷一块儿拧，

组织起农会闹翻身。

翻了天哟覆了地，

大地主滚下金銮殿。

天不怕哟地不怕，

穷哥儿们要当家。

土地房屋还给咱，

劳动起来劲头大。

一杆红旗空中飘，

乐得连梦里也笑醒了。

没有雨水怎长苗？

没有共产党哪有今朝——

"要不是土地改革来实行，

我三十几岁还得打光棍。

锅里没米炕头上冷，

门里门外没人亲。"

"要不是土地改革好主张，

俺野庙里还在把尼姑当。

敲破了木鱼撞破了钟，

一辈子人生都断送。"

天上玉女配金童，

受尽苦难的尼姑配长工。

男的甘心女情愿，

搭搭对对好姻缘……

公鸡叫明夜天短，

不断头的话儿拉不完。

太阳出来满天红,

新绿的杨柳舞春风!

1947年秋,河北束鹿

朱
子
奇

草原的保卫者

风一样，

鹰一样，

草原的保卫者——

勇敢的察北骑兵队，

在草原上巡回，

在草原上飞……

手臂上挂一支短马枪，

子弹筒筒推上膛。

毛茸茸的帽耳呵，

像两只张开的翅膀迎风扬呵。

锐利的眼光，

注视着远方。

远方——茫茫草原千里长。

千里草原被照亮，

骑士的马蹄闪金光。

土地被惊醒，

原野翻个身，

——谢谢你呵，

谢谢草原的子弟兵，

谢谢草原的救星！

你——勇敢的侦察员！

请早早来报告：

哪里来了土匪，

哪里藏着强盗。

风一样,

鹰一样,

草原的保卫者——

勇敢的察北骑兵队,

在草原上巡回,

在草原上飞……

1946 年 1 月于察北化德市

朝霞烧红满天边

朝霞烧红满天边,

太阳公公露出个大笑脸。

踏上苏醒的草原,

草原呵——平静又舒坦!

我放开视线,

视线活像个罗盘,

罗盘转个大圆圈。

草原连接天边,

天边连接草原。

我不知道:

哪是天边,

哪是草原。

朝霞烧红满天边,
太阳公公露出个大笑脸。

客人爬上骆驼上堡啦,
拦羊孩子揉着眼睛出村啦,
打个响鞭儿,
唱支豪放的歌曲儿,
喔呼!……喔呼!……
歌声惊走了草原的美梦儿。

调皮的花羊在斗架,
羊娃娃咩咩唤妈妈,
白狗跟在后面,
黑狗夹着尾巴。
村上,
吐着长条条的炊烟。
烟里,
穿过几只大乌鸦。

有人在井边打水饮牲口啦,
有人在炕头旁烧早饭啦,
有人在草地上搂柴禾啦,
有人在山坡坡烧起野火啦,
有人在远处吹响喇叭啦,
……
人人忙碌,

人人欢乐。

苏醒的草原啊,
活跃和平的草原啊。

1946 年 1 月于察北化德市

民兵从前线归来了

万里无云天气好
太阳露头一竿竿高
民兵归来了
民兵从前线归来了

尘土飞起
风,吹送着那熟悉的歌
来了,踏着轻松的节拍来了
穿过村庄和小河……

村庄小河好热闹呀
长溜溜的人群排满道边呀
人们高高地把手伸开
把欢迎的小旗上下摇摆
——辛苦了!勇敢的同志,
辛苦了!胜利的战士。

老爷爷咧开缺牙的嘴巴
望着归来的子弟笑哈哈

妇女手执串串的大红花
红心花等他挂
孩子们跑过去
叫声："回来了，爸爸！"

回来了！回来了！
你瞧——一个个满面红光
白头巾好漂亮
英雄结儿两边晃

我看见啦——步子跨得更大
歌，唱得更响……民兵啊，
一见到你们那股不在乎的神气
就叫人想起反"扫荡"的日子……

抢抬伤兵那股紧张劲儿
埋地雷偷偷摸摸的样儿
运送子弹雨汗满脸
没有工夫揩的样儿

想起了——我们割谷子背糜草
你们就跑来跑去站岗放哨
你们说："慢点呀，老乡！

今年鬼子不敢再来抢粮。"

想起了！又想起了啊——
如今，毛主席下命令
和平的列车开动了啦
它给人民运着胜利的鲜花啦

"放下枪杆，拿起镢头！"
祖国在向民兵英雄们招手
但是啊，若豺狼爬入平安的家乡
我们就即刻放下镢头再拾起枪

民兵归来了
民兵从前线归来了
万里无云天气好
太阳露头三竿竿高

贺敬之

行军散歌（选录二首）

一〇　　过黄河

风卷黄河浪，

一片闹嚷嚷，

大队人马来到河畔上。

船尾接船头，

船头接船尾，

艄公破水把船推。

人马上了船，

艄公收了纤，

吆喝一声船儿离了岸。

艄公扳转桨，

船儿调转头，

呼啦啦排开顺水流。

船到河当中，

人心如拉弓，

七尺的大浪直往船边涌！

老艄稳稳站，

小艄用力扳，

声声吼叫震响万丛山。

青山高千丈，

太阳明晃晃，

赤身子的小艄站在船头上。

老艄眼瞅定，

胡采飘在胸，

他的那口号如军令。

黄河五千年，

天下第一川，

河上的风浪他熟惯。

扳过了大浪头，

大船靠了岸，

船头上跳下我们英雄汉。

头顶火烧云，

脚踏河东地，

五尺大步走向胜利去！

10月15日，碛口

一一 临南民兵

清格朗朗的流水蓝格莹莹的山，

山前里一片大枣园。

东边一个塔来西边一个塔,
羊肠小路穿在当隔拉①。

村名就叫双塔村,
临南县里它有名。

绿叶里藏的枣儿红,
枣林里藏的众英雄。

人民的英雄是真英雄,
临南的民兵八百名。

八百条好汉集中受训练,
要上前方去参战!

射击投弹埋地雷,
各样的武艺都学会。

刺枪好比猛虎斗,
冲锋好像鱼儿游。

埋地雷好像龙戏珠,
投弹好像狮子滚绣球。

繁峙县有个摩天岭,

---

① 当隔拉,中间的意思。

民兵的本领比它高三分。

西楚的霸王力气大,
比不上咱们民兵脚指甲。

武器拿在人民的手,
神担忧来鬼发愁。

前半月打了回离石城,
一声春雷遍地惊。

三五八旅英雄将,
临南民兵配合上。

大水漫了搁浅的船,
离石城叫咱围了个严。

离石的城墙五丈高,
顽固的敌人守得牢。

头一回冲锋没攻下,
接连着又把命令发。

第二道命令往下传,
民兵又把梯子搬。

一排炮打破了半拉城,

咱们的人马往里涌!

搁浅的船儿裂了缝,
水满船舱往下沉。

守城的敌人缴了枪,
跑走的叫民兵消灭光。

民兵和战士肩并肩,
小伙子个个都勇敢。

英雄的故事传遍河东地,
小杨树见了民兵也敬礼。

姑娘们给英雄献瓜果,
我给英雄们唱赞歌。

唱一阵歌来拉一阵话,
"太原城里再会吧!"

10月9日,双塔村

鲁煤

戎冠秀和钟

戎冠秀，家住"下盘松"——晋察冀一个小小的山村。

她不仅是"子弟兵的母亲""拥军优抗"的模范，还是村里生产互助组的领导人。

为了推动全村生产，她又做一只"公鸡"，长年累月，用钟声向大家"报明"……

在戎冠秀门前的楼上
挂有一口古钟
每天每天，戎冠秀
戴着星星爬起来
到大榈底下举起手

钟——
以宏亮又厚道的声音
叫村庄醒来
叫人民早起
叫大地开始生产

——在钟的前面
展开了东方的光辉
黎明的光辉
灿烂的新的光辉……

在这下盘松树上
还挂有一口钟

这钟比那口更宏大

比那口更响亮

比那口更永恒

这下盘松更好的钟呵

就是戎冠秀

戎冠秀——

以她伟大又慈祥的榜样

号召老百姓"拥军优抗"

号召子弟兵"拥政爱民"

号召军民团结闹革命

——在她的前面

展开了幸福的光辉

新时代的光辉

新民主主义的光辉……

          1946年7月22日张家口

张志民

王九诉苦

孙老财

进了村子不用问,
大小石头都姓孙。

孙老财一手把天地盖,
穷小子死了没处埋。

孙老财瓦房前院连后院,
穷小子光着屁股串房檐。

孙老财的陈米生了虫,
穷小子菜粥锅里照人影。

孙老财街里一跺脚,
吓得穷小子不知怎么好。

孙老财算盘噼啪打,
算光了一家又一家。

王九的账

八月里来秋风凉,

高粱谷子齐上场。

孙老财打发着看家狗,
带着口袋收租粮。

打开账本看一看,
"王九欠租整七石。"

我双手捧起那没梁儿的斗,
眼泪滚滚顺斗流。

量了一石又一石,
哪一粒谷子不是血和汗?

交光了还欠两石三,
辛苦一年穷一年。

我王九心像钝刀儿割,
饭到嘴边把碗夺。

民国十年闹灾荒,
我向老财去借糠。

饱汉子不知饿汉子饥,
财主眼里哪有穷人的?

"我可怜你谁可怜我,
我没办法找哪个?"

"大爷你积德多行好,
你的恩我死也忘不了。"

"借给你粗糠一斗五,
细糠我还要喂猪。"

人穷志短莫奈何,
我王九不如孙老财的猪。

欠下租子还不清,
我给老财当长工。

长工要比牲灵苦,
挨打受骂泪零零。

四更打水天不明,
老财被窝里骂几声:

"什么时候你还不起,
睡死在炕上不动秤!"

太阳没出下地去,
回家顶着满天星。

下地回来还挑水，
累得腰酸骨头疼。

老财一天三顿饭，
喝酒炒菜吃肉面。

长工三顿稀汤汤，
树叶馍馍掺上糠。

划根洋火点着了，
长工的生活苦难熬。

五月六月青黄不接，
俺葱葱在地里勒榆叶，

见俺葱葱长得好，
孙老财心里生了鬼道。

满天星斗打了二更，
孙老财带人来抢葱葱，

立逼着俺葱葱拜花堂，
俺葱葱连哭带骂泪汪汪；

"老畜生你不是人养的！
你为啥不要你亲闺女？"

他狗脸子一变气冲天，
顺手提起了马鞭鞭：

今儿个你愿意不愿意，
你的命就在我手心里，

马鞭鞭提起可不留情，
俺葱葱叫哭不成声。

鸡儿刚叫天没亮，
俺葱葱吊死在杏树上。

俺葱葱死在孙家手，
这一笔血债几时勾？

老爹一气得了伤寒，
病势一天重一天。

十来天水米不下咽，
想吃个酸梨又没钱。

我悄悄到树下摘个梨，
碰见老财狗日的。

又一场大祸从天降，
他跳脚骂到俺家门上：

"你顶着我家天，踩着我家地，
你吃我的饭，还偷我的梨！"

一手把老爹拉在地：
"穷小子给我滚出去！"

摔死我老爹一条命，
我全家哭成一个声。

新仇旧恨似海深，
我王九告到了县衙门。

衙门口儿朝南开，
有理没钱别进来。

孙老财送去五两大烟土，
老爷一见喜颜开。

青红皂白先不问，
鸭子浮水把我吊起来。

"你生来就是受穷的命，
为非做歹不正经。

孙爷对你一百一，
穷骨头你真不识抬举！"

我王九的冤仇何日报？
穷人的活路没一条。

有钱人买得鬼推磨，
穷汉子有理没处说。

西北风紧吹滴水成冰，
我全家被赶去逃生。

十冬腊月刮起白毛风，
跪在土地庙求神灵。

"土地爷爷你开开恩，
借你的住处我存一存身。"

窗棂儿刮断雪推门，
深更半夜冻死人。

孩子冻得像个光翅鸟，
"爹呀娘呀"哭得好心伤。

刀尖剜心肠子碎，
咱穷人呀！就永世得受罪？

控　诉

苦难的日子多少年，

阴天也会变晴天。

大杨叶儿哗哗响,
杨树底下大会场。

孙老财一条麻绳拴,
打籽的茄子落架的烟。

王九的心里像开了锅,
几十年的苦水流成河。

"你逼死我父命一条,
你逼着我葱葱上了吊!

我十几年的苦营生没赚过你的钱,
你把我全家十冬腊月往外赶。"

王九的苦水吐不完,
说到苦处泪涟涟:

"孙老财你杀人要偿命,
孙老财你剥削要清算!

受了你多少年的窝囊气,
一五一十要算到底!"

王九的话没说完，

农民的口号响震了天：

"封建压迫要连根拔，

永远不叫它再发芽！

要报千年的冤和恨，

农民们起来要翻身！"

欢　喜

雨停了！

天晴了！

杨柳梢儿发青了！

翻身的日子过红了！

李二姐扛锄下地去，

满肚子装着——一个"欢喜！"

毛蓝布褂黑粗布裤，

二十五的大姐像个新媳妇，

她撩撩那大襟打打土，

"娘生下咱没穿过这好衣服！"

走到地边上,
心里喜洋洋,

二亩地的麦苗儿长得蹦齐,
一扎扎多高葱尖儿绿!

往年个咱种麦子人家吃饼,
今年个谁种谁收成!

锄扬得高呀坑儿刨得深,
地里的活儿她赛过男人。

李二姐心里打算盘,
数样儿的庄稼种个全。

半亩糜子一亩棉,
糜子蒸糕棉纺线!

一边边刨地一边边想,
想起那参军大会上,

数不清的杨树数不清的人,
丈夫头一个参了军,

全村人谁不伸大拇指,
都说:"长胜真是条好汉子!"

红花绿叶挂胸前!
锣鼓喧天闹得喜欢,

咱成亲也没有这红火,
她"喜"字在心里没法说!

李二姐掐着指头算,
丈夫走了二十八天。

那天写信捎给他,
句句都是知心话:

"长胜同志呀你身体可好?
捎去的鞋子可不可脚?

那天念报又打了胜仗,
不知你赶上没赶上?

长胜同志呀我告诉你,
数样儿的工作你要积极!

咱们要挑战立下功!
不知你答应不答应!

保饭碗你要当好汉:
家里的生产我一个人揽。

咱们都把英雄当,
谁也不许欠下账!

李二姐越想越喜欢,
阴凉儿朝东日头西!

雨停了!
天晴了!

杨柳枝儿发青了!
翻身的日子过红了!

李二姐扛锄回家去,
满肚子装着——一个"欢喜!"

1948 年 4 月 10 日于石家庄

蓝矛

青纱帐起

青纱帐起又宽又高,

这是增加了有利条件,

我们要积极活动莫怕疲劳。

我们是勇敢坚决,

怕什么飞机大炮,

穿插在敌人的点线间,

破坏那敌人的交通要道。

从这边打,

从那边扰,

杀伤敌人,收复失地,

巩固与扩大边区,

赶走那残暴的日本强盗!

1939 年作于晋察冀

王莽

晋 察 冀

晋察冀晋察冀

模范抗日根据地，

这里高山起伏

平原千里，

到处都是中国的好土地。

晋察冀晋察冀

模范抗日根据地，

这里群众组织

坚强如钢铁，

到处军民合作在一起。

敌人占了我们的铁路线和大城市，

广大的乡村都在咱手里，

巩固晋察冀，

扩大根据地，

中华民族一定要解放，

中华民族一定要胜利。

1939年冬作于阜平花山

和谷岩

我立下誓愿

抗战已六年,

胜利在眼前,

别怕这眼下苦,

别怕日子难。

为了受难的父老兄弟,

为了祖国,

我立了誓愿,

立下誓愿:

贪生怕死,怕苦怕难

不算英雄,

打败日寇,抗战到底

才是好汉。

1943年作于唐县史家佐村

吕正操

桑园突围

> 一九四一年五月三日从十分区归来

桑园突围破晓间，战士奋战苦衣棉。
寇追情急急似火，春日昼长长如年。
马逸人散阵不成，往来冲突西复东。
天似有罗地似网，此起彼伏相呼应。
回支骁勇天下闻，有女如龙叱风云。
从容迫敌却追兵，过路入营日西沉。
就榻疲顿举足难，梦少神安醉黑甜。
翌晨欢庆青年节，人马一一散复还。
地下有道道有沟，是真罗网疏不漏。
倭寇纵有黔驴技，人民眼底一蜉蝣。

邓拓

晋察冀军区成立志感

血肉冰霜不计年,
五台烽火太行烟。
战歌匝地三军角;
卫垒连珠万里天。
北岳扬旌胡马怯;
边疆复土祖鞭先。
阵云翻向龙江日,
响彻河山唱凯旋。

一九三七年十一月七日

鲁迅两周年祭
——步鲁迅遗诗原韵

当年长夜度春时,
苦战人间满鬓丝。
荷戟孤征诛腐恶,
投枪万众望旌旗。
伤心两载风云色,
咽泪重刊呐喊诗。
再祭他年烽火后,
血花一缀自由衣。

一九三八年底

阜平夜意

孤窗走笔街声沉，
小院无人霜月侵。
散稿案前书未竟，
狂歌门外意难禁。
风移树影驱昏睡，
火逼沸壶作短吟。
军舍夜深嘶战马，
明朝单骑又溪林。

1940 年

题聂荣臻同志像

百战长征上太行，
幽燕多难马蹄忙。
中年边寄纡筹策，
谈笑兵戈翰墨场。

1942 年

答 客 问

三十怅无成，

艰危一命轻。
斯文难济世,
多病亦闻名。
零落荒山色,
苍凉宝剑鸣。
风波游刃里,
默默即平生。

1942 年

定　　情

战地青衫侣,
风沙北国春。
白云浮终古,
江水去长东。
身世三生劫,
心天一向红。
高情为尔我,
天地自无穷。

1942 年 2 月

题　　像

映水霞光耀眼新，
两间一瞥欲无尘，
春温秋肃凝冰火，
战地烽烟自在人。

1942 年

哭何云同志[①]

文章浩荡卫神州，
血溅太行志亦酬。
党报事艰来日永，
同侪心痛老成休！
云山遥祭挥无泪，
笔阵横开雪大仇！
后死吾曹犹健在，
不教胡语乱啾啾！

1942 年 5 月

① 注：何云同志系华北新华日报社社长，在太行区反"扫荡"中不幸牺牲。

于力（董鲁安）

悼冀东参议员雷烨同志

曾于广座接丰神，

玉立亭亭独慕君。

慷慨成仁成一死，

从容赴义动千军。

平生鹤寝空滦水，

半夜鹃声绕宿坟。

低首临风留想象，

九原何计起斯人。

（雷君1943年5月为敌包围战死。）

游 击 草

（录四首）

进茂岳道中

九月十六日开始反"扫荡"，启行入山之作。

狱左峰高晴带雨，

海东寇暴势如潮；

授衣九月蜩鸣急，

获谷连云农庆饶。

士喜秋成坚斗志，

军依民力策戎韬；

书生自诩身顽健，
报国犹将鬓未凋。

董 家 村

跋躠晨滩去，
淙潺涧水遥。
世缘随冷暖，
天道泯盈消。
子弟兵威壮。
槭枪沴气凋。
长歌前进曲，
传响风萧萧。

劫　　火

悲风战草木，
黄落万山尖。
处处烟焰起，
村村粱黍燖。
腰镰难毕刈，
掌扇未成奷。
劫火时登望，
冲冠义愤添。

寇　退

寇退人欢忭，
纷然返故乡。
黔驴技只此，
蕉鹿梦何偿。
登垄理荒秽，
镌山启卼藏。
习闻民众道，
温饱打东洋。

陈大远

入山五首

其 一

慷慨因风别故园,
晚来乘月入深山。
今生自此开新路,
不计何时奏凯还。

其 二

万千桃李自关情,
树色苍苍山色青。
莫笑一隅新世界,
歌声如缕过长城。

其 三

满山红叶满山秋,
细细清泉涧底流。
应是人间歌未了,
明霞如颊月如眸。

其　四

千峰万嶂白云闲，
石洞盘旋别有天。
战地桃花春未老，
青山断处起狼烟。

其　五

胜利归来过岭西，
群花历劫践尘泥。
青山烂漫烧不尽，
又听歌声处处飞。

民间歌谣

漫天撑起青纱帐

种下玉米和高粱,
漫天撑起青纱帐,
神出鬼没游击队,
接连打响漂亮仗。

河北民歌

太阳不落照太行

太行山下没太阳,
千年万载遭灾殃;
如今来了共产党,
撵走黑暗亮堂堂;
受苦人才翻了身,
太阳不落照太行。

河北建屏民歌

柳树开花一团金

柳树开花一团金,
寻人要寻抗日人。
有吃有穿真光荣,
每天起来打日本!

山西盂县妇女民歌

胭脂河上胭脂花

胭脂河上胭脂花,
胭脂花开红菰笊;
岸上有个石湾村,
村里有女刘翠霞。

翠霞年长一十八,
人品就像胭脂花,
下地能做庄稼活,
拈起针线会绣花。

雪白绫子二尺八,
红绿丝线一掐掐,
翠霞她把手巾绣,
新人新事新画法。

一绣陕北延安城,
革命圣地人人敬;
二绣救星毛泽东,
领导人民闹革命;

三绣冀西阜平城,
民主建设好光景;
四绣将军聂荣臻,
领导咱们打日本!

胭脂河上胭脂花，
绣完手巾笑哈哈；
翠霞双手包叠好，
送到前线慰劳吧！

河北阜平民谣

平型关上逞英雄

英勇善战八路军，
平型关上逞英雄，
坂垣师团被歼灭，
抗战史上第一功。

山西繁峙民歌

万里长城万里长

万里长城万里长，
雁门关下古战场；
阳明堡里一把火，
多少敌机一扫光。

山西代县民歌

雁 翎 队

雁翎队,是神兵,
来无影,去无踪。
苇塘里边拉战线,
打得鬼子叫祖宗。

雁翎队,是神兵,
端岗楼像拔棵葱。
过去火枪打大雁,
现在专打鬼子兵。

雁翎队,是神兵,
鬼子不敢钻苇丛。
要问鬼子死多少,
手打算盘算不清。

河北白洋淀民歌

一封信上插鸡毛

一封信上插鸡毛,
一根两根都紧要;
三根鸡毛火速到,
风雨不停还要跑。

山西平定民歌

你看哥哥帅不帅

要穿灰来一身灰，
灰袄灰裤灰裹腿；
亲哥参加了县大队，
去打那个日本鬼。

八式步枪带盖盖，
水葫芦饭包子弹袋；
布凉帽子分区鞋①，
你看哥哥帅不帅！

山西忻州小调

一间破草房

一间破草房，
三面都烧光，
冷风吹雪花，
飘呀飘身旁。
爹妈被杀死，
东西被抢光，
可恨的日本鬼儿，
狠呀狠心肠！

---

① 一种鞋式

参加了八路军,
赶快上战场。
打走了日本鬼儿,
才能得安康。
打走了日本鬼儿,
才能得安康。

河北唐县小调

女人也要穿军装

石榴开花照眼光,
女人也要穿军装;
古时有个花木兰,
保卫祖国保家乡!

石榴开花照眼光,
俺也参军到前方;
穿上军装背上枪,
一心去打小东洋!

河北阜平民歌

抗日四季歌

春

抗日士兵弟兄们

眼看立了春

大家要提精神

勇敢杀敌人

你们别在梦中睡沉沉

日本鬼子是仇人

夏

抗日士兵弟兄们

眼看到夏天

决心上前线

思想起泪涟涟

日本占了我河山

心中好悲惨

秋

抗日士兵弟兄们

眼看立了秋

决心要报仇

枪一打、炮一轰

临死就把那美梦丢

为了民族争自由

冬

抗日士兵弟兄们

眼看立了冬

大家笑盈盈

统一战线成了功

国共合作赶走了日本兵

老百姓享太平

河北衡水民谣

高高山上揽绵羊

高高山上揽绵羊，

山鸡个个配成双。

揽羊儿心里想，

王家三姐好模样。

东洋强盗到南乡，

杀得鸡飞狗跳墙，

王家三姐被奸淫死！

高山上，不见羊，

揽羊儿暗悲伤，

拿起刀枪上战场。

河北衡水民歌

纺 线 谣

太阳照西墙,

牛羊满山岗,

山雀喳喳叫,

妇女们纺线忙。

妇女纺线忙,

织布做衣裳,

军民有衣穿,

才能把敌抗。

河北安平民谣

晋察冀的人儿把身翻

日头出山红艳艳,

晋察冀的人儿把身翻;

斗地主,

租粮减;

打日本,

来抗战;

建设民主好政权,

苦难日子永不返!

山西平定民歌